에게서 에게로

김근 시집

문학동네시인선 225 김근

에게서 에게로

시인의 말

목소리들에 기대어

이만큼 살았다.

목소리들이 나를 보살피고

목소리들이 나를 애먹였다.

그중에는 당신도

한둘쯤은 있을 것이다.

2024년 12월
김근

차례

3부 희끗으로 그만 사라지지 않으려고

1부

난데없는 세계가 펼쳐질 것만 같은 기분으로

이사

당신이 들어와 살았어요. 나는 결코 세준 적 없는데, 집
안의 스멀거리는 어둠쯤에서 당신은 사는 모양이어서, 밝은
쪽에서는 결코 당신을 볼 수 없었지요. 어둠에서 어둠으로
어둠을 타고 재빠르게 건너가는 기술을 당신은 보유한 게
틀림없어요. 어느 날 아침 밤사이 당신이 흘려놓은 흔적들
이 발견되기 전까지는 나는 당신의 존재를 전혀 알아채지
못했으니까요. 해도, 그런 속수무책의 아침이 여러 번 지나
자 이내 익숙해지더군요. 익숙해지자, 이번에는 문득 당신
이 비로소 어둠 밖으로 고개를 내밀었어요. 아직 어둠 쪽이
어서 당신의 얼굴 알아보기는 힘들었지요. 나는 제법 흠칫
놀란 표정을 지었지만, 눈을 동그랗게 뜨고 당신의 얼굴을
똑바로 쳐다보았죠. 당황한 눈빛을 깜박거리며 당신은 금세
다시 숨어버렸는데, 그때부터 나는 마음 좋은 주인 행세나
하기로 마음먹었어요. 먹었는데, 세도 안 받고 당신을 살게
놔두고, 했는데, 때때로 나는 당신이 고개를 내밀기만 기다
리는 나 자신을 발견하곤 했죠. 아침이면 집안 곳곳을 돌아
다니며 당신이 흘려놓았을 흔적들을 찾기도 했답니다. 점점
나는 당신이 살고 있는 집의 주인도 아니게 되었어요. 당신
이 사는 거기는 어떤 빛깔의 조각보 같은 햇빛 스미나요. 거
기 어떤 바람이 기억의 수많은 골목들을 거느리고 불어오
나요. 이파리 가득 빗방울 매달고 어떤 식물들이 서식하나
요. 어떤 계절이 나도 당신도 모르는 사이 붉고 푸른 낯빛으
로 돌아오나요. 반복되나요. 흥얼도 거리면서, 점점 나는 당

신을 기다리는 자에서 당신의 감시자가 되어갔죠. 행여 당신이 내 집에서 도망이라도 칠까 전전긍긍하면서, 나는 당신의 어둠을 단속했어요. 세면대 배수구 안쪽에서 끄집어낸 젖어서 엉킨 머리카락 뭉치를 보면서 당신이었을까 고개를 갸웃거리다가 혹 나였을까 슬픈 말을 흘려보기도 하다가, 당신이 모습을 드러내는 일이 뜸해지고 끼니도 거른 채 당신을 기다리는 일만 잦아지던 어느 날, 나는 마침내 결심했지요. 나는 꽁꽁 여몄던 어둠 속으로 당신을 찾아들어갔어요. 주인도 없이 집만 덩그러니 저 밝은 곳에 남겨졌어요.

집은 오래 비어 있었다. 어둠 속에서 자꾸 말들이 온다.
살에 닿아 잘 안 지워지는 햇빛과 바람과 빗방울과 식물들과 계절들.
여기. 아직도 당신이 살아 있는지. 여기. 나 또한 살기로 한다.
밝은 쪽에서 내내 어둠을 주시하며. 당신의 당신도 함께.
여기.

가려진 문장

멀리서 꽃 졌다는 소식이 오고 네 얼굴 지워질 것 같은 기분으로, 미처 가보지 못한 곳에서 꽃들 만개했다 져버리고 빛깔도 이름도 끝내 알지 못하겠는데 멀리서 흐려진 마음이 오고 네게 얼굴이 있었다는 사실도 그만 지워질 것 같은 기분으로, 바람 불고 멀리서 비 몰아오고 얼굴이라는 말 애초에 없었다는 듯이 네가 내 쪽으로 돌아누울 것만 같은 기분으로, 이제 너를 어떻게 알아보나 얼굴도 없이 너는 나를 어떻게 알아보나 우리가 아는 사이인가요 물으면 모르는 사이가 비로소 생겨나고 너는 너라는 지칭도 잃고 아득해만 져버릴 것 같은데 그제야 비로소 사랑할 수 있을 것만 같은 기분으로, 와락 껴안고 쓰다듬고 키스를 그러나 키스할 얼굴을 끝내 찾지 못하고 내 얼굴도 그만 지워지고 말 것 같은, 모르는, 얼굴 없는 내가, 모르는, 얼굴 없는 너의 볼모가 될 것 같은, 그러다 내쳐지고 그러다 패대기쳐지고 그러다 매달리고 울고불고할 것 같은 기분으로, 내가 도무지 남아나질 않아도 이 생면부지의 닿을 수 없는 시간의 진창에서 발이 빠지며 도무지 한 발짝도 그쪽으로는 내디딜 수 없는 자세로 이런 막다른 슬픔이 어떤 슬픔인지도 오직 모른 채 너에게 가야 한다는 가서 마주해야 한다는 생각만 남아 허우적거리며 생면부지 이전과 이후의 아득한 경계에서 못 알아본 너를 어쩐지는 알아본 적이 있었을 것만 같다는 가려운 기분으로, 아무리 긁어도 긁어도 긁힌 자국에 피가 배어나와도 가려움 좀처럼은 멈추지 않을 것만 같은 기분으로.

우리가 아는 몸인가요 물으면 몸만으로 멀리서 꽃 졌다는 ⎯
소식이 오고 난데없는 세계가 펼쳐질 것만 같은 기분으로,

변명, 사형수

재빨리 너를 해치운다 네게서 빠져나오는
빠져나와서 내 옷에 치명적으로 달라붙는
비명들 나는 너의 이름을 모르고 증발하고
싶어 내가 말할 때 너는 수많은 이름들로
늘어나고 모든 거리에서 붐비고 붐비다
흐르고 모이다 흩어지고 다시 섞이는 색색의
이명들 미처 너는 도착하지 않고 그만 너를
해치운다 모르고 거리의 분주한 걸음들의
행방을 내겐 다만 나라고 생각되는 육체가
있고 너라고 결코 생각할 수는 없는 어둠이
있고 오롯이 남자이거나 여자인 시간들에
굴복할 뿐 골목에 흩뿌려진 여관들은 실은
버려졌다는 사실을 홀로 감당한다 밤의 공기가
무거워 증발하고 싶어는 늘 허언이고 불가능한
허명들 네가 도착할 것인지 알 수 없는 골목들
자라고 쉿 이건 비밀인데 속삭임 같은 것들의
무성한 무게 때문에 휘어능청 골목들은 휘고 낭창
낭창 자라고 발광하고 때리고 똬리 틀기는 틀어도
토해내지 않고 너의 이름 나는 휘청이는 불빛들
속에 영원히 있고 해치운다 너를 나는 모르고
저 목매단 불빛들의 얼굴 하나씩의 안색과 표정과
휘황한 혓바닥이 궁금하고 하다만 말고 너머로는
얼굴들 너머로는야 가지는 차마 못하고 모르고

몰라서 죽지는 전혀 못하는 것들의 비극은 시작되고
해치우기만, 너를, 도착하지, 비로소, 않고, 너의 이름, 들,
못하는데 움켜쥐지도 증발하지도 나 끝내 못하기만,

너는 너를 잃고

너는 나를 한 마리 잡았다고 좋아했다
곳곳에 수없이 많은 덫을 설치해둔 번화한
거리 쪽은 아니고 어쩌다 들르곤 했던 허름한
술집에서였다 너는 그곳에도 덫을 놓았다는
사실조차 까맣게 잊어버리고 있었더랬다
술집 주인으로부터 연락을 받고 너는 환호했다

술집에 도착하자 너 한 마리가
덫에 걸려 으슥한 구석에서 버둥거리고 있었어
술집 주인은 그런 너를 며칠째 그냥 방치해둔 채
내가 들르길 기다렸다고 했지
나는 너를 잡았다는 것만으로 기뻤어
너는 구하기가 여간 어려운 게 아니었거든

너는 나를 덫째로 집으로 가져갔다
덫을 풀기도 전에 너는 인터넷부터
검색했다 나는 워낙 희귀해서 나와 있는
정보가 많지 않았다 나를 꿈과 동일시하는
내용도 있었고 나를 진공관 안에 넣어야
한다는 등 식물처럼 화분에 심어야 한다는 등
네가 보기엔 죄다 쓸모없는 정보들뿐이었다

복슬복슬한 부드럽고 풍성한 털을 상상했지만

너는 털도 없이 창백한 피부에
깡마르고 왜소한 몸을 지닌 놈이었어 어두운 눈은
며칠째 버둥거리느라 더욱 어두워져 있었지
반짝임이라곤 찾아볼 수 없었어 얼핏 보면 눈 대신
어두운 구멍 두 개가 얼굴에 뚫려 있는 것 같았어

너는 덫을 풀고 나를 일단 펫용 울타리 안에
넣었다 나는 힘이 빠진 채 바닥에 널브러졌다
너는 나에게 물을 먹여야 할지 술을 먹여야 할지
고민했지만 약간의 물과 약간의 음식을 울타리 안으로
넣어주었다 나는 아직 경계를 풀지 않은 것 같았다
몸을 잔뜩 웅크리고 너와 음식 쪽으로 번갈아
시선을 돌렸다 너는 이내 잠들었는데 깨어보니
음식과 물이 깨끗하게 비워져 있었다

너를 어떻게 길들일까 며칠 동안 머릴
싸매고 궁리했어 언제까지고 너를
울타리 안에 가둬둘 수는 없었으니까
며칠이 지나 네 입에서 조그맣게 속삭이는 소리
들렸지만 도무지 무슨 소리인지 알 수 없었어
울타리 안이 조금 안심이 되었는지 깡마른 몸을 풀고
너는 노래 비슷한 것을 흥얼거리기도 했어 신기하긴
했지만 그 역시 내가 아는 노래는 아니었지

이름 같은 걸 지어줄 엄두는 아예 내지도 못했어

그 일은 갑작스럽게 일어났다 어느 날
네가 외출에서 돌아와보니 내가 죽어 있었다
분명 나가기 전에는 창백하지만 피부에 생기가 돌고
기분이 좋은 듯 깡마른 팔다리를 이리저리 흔들며
춤을 추는 듯한 몸짓을 보여주었는데 너는
그때 나와 조금은 친해졌다고 생각했다 그러나
나는 차갑게 식어 축 늘어져 있었다 눈은 감겼고
얼굴에서 구멍 같은 어둠은 사라져 있었다

단지 며칠뿐이었는데도 가슴에 구멍이 뚫린 것 같았어
굳어가는 너를 앞에 두고 나는 어쩌할 줄을 몰랐지
살아서는 만져보지도 못했는데 죽어서야 너를
만질 수 있다는 사실이 나를 더 슬프게 했어
울타리 밖에서 길러야 했을까 음식이 문제였을까
물이 아니라 술을 줘야 했을까 자책을 해도 너는 살아
날 리 없었지 조금 울었던 것도 같아 그러다 정신을
차렸지 죽은 너를 어떻게 처리해야 할까 종량제
봉투에 버려야 하나 음식물 쓰레기로 버려야 하나

너는 박제사에게 연락을 하고 덫 놓을 곳을
표시해둔 지도를 펼쳤다 이번엔 번화가에서

나 한 마리가 걸려들면 좋겠다고 생각했다
두 마리면 횡재일 텐데 입맛을 다시기도 했다
너는 이번에는 실수를 하지 않겠다고 다짐했다
새 덫을 넉넉히 챙겨 너는 거리로 향했다
죽을 때 죽더라도 죽기 전에 나의 이름까지는 꼭
붙여줘야겠다고 네 눈동자는 분주히 움직였다

언제든 어디에고

밤이 오고 있었지 어두워오는 하늘을 등지고
나뭇가지들은 검게 흔들리고 휘어지고 이따금
찢어지고 나는 없었어 거기 모든 검고 어두운
가지마다 너를 널어두고 밤이 오고 있었지
헛간이 여태 무너지지 않은 건 소리 때문이야
밤새 삐걱댈 모양으로 소리는 켜져가기 시작
했지 저 모든 순간의 삐걱임 속에 너를 욱여
넣고 나는 없었어 검불들은 조금씩 둥글게
뭉치고 뭉쳐서 굴러다녔지 그것들은 황량한
벌판을 만들고 먼지를 일으키고 누런 먼지
바람 속에 너를 세워두었지만 너는 보였다
안 보였다 하고 질퍽거리는 채로 굳어버린
마른 길에도 나는 없었어 거기 풀들은 무성해
자꾸 부러지고 부러진 풀줄기마다 너는 어째서
얼룩덜룩 태어나는 것일까 집은 헛간으로부터 멀고
한 번도 새어나온 적 없는 불빛 대신 너무 질겨서
삼킬 수도 뱉을 수도 없는 혓바닷 같은 비밀들이
서서히 밤을 가득 채우고 팔딱거리고 그 모든
비밀들의 미뢰들마다 너를 혓바늘로 돋게 하고
나는 없었어 칙칙한 한기에 둘러싸이는 숲 바닥
낙엽들은 검게 썩어가고 이따금 흩뿌려지는 피
밤이 오고 있었지 벽돌들은 구르고 깨지고
주검들은 일어날 준비를 하고 간신히 집은

무너지지 않고 모든 집 앞에 너를 서성이게
하고 모든 문에 못질을 하고 모든 사진 속
머리를 자르고 없었어 나는 내가 없었다는
사실이 갑작스레 날아오른 검은 새의 깃털로
떨어지고 숲의 핏자국 위로 깃털들은 덮이고
겹겹이 내가 없었다는 사실이 없었다는 사실이
없었다는 사실이 쌓여만 갔지 모든 잠자리마다
너를 눕히고 끔찍하게 나는 없었어 구역질
나게 모든 내장이 쏟아져나와 순식간에 썩어
버릴 것처럼 멀리 밤 기차의 불빛들은 냄새를
흘리고 기차를 뒤쫓는 모든 시선들을 너로
가로막았지 아무도 떠날 수 없었지 아무도
헤어질 수 없었지 너로 된 울타리 안에서
집은 낡아가고 헛간의 삐걱거림은 멈출 줄
모르고 나뭇가지들은 흉흉해지고 밤이 이윽고
오고 있었지 그날 모든 것이 시작되었지 시작
되는 모든 것들 속에 너의 일그러진 표정을
발라놓고 펼쳐질 모든 시간 생겨날 모든 풍경
을 향해 말했어 나는 없었어 오로지 그 말만
오로지 또렷하게 이정표처럼 너를 박아 세워두고

에게서 에게로

하는 수 없이 나는 네 눈꺼풀
안쪽에 거처를 마련한다 이물감에
눈을 몇 번 깜박였으나 너는 곧
눈꺼풀 따위 신경쓰지 않는다
대수롭지 않은 일처럼

눈을 한 번 감았다 떴을 뿐인데
모두가 순식간에 자취를 감추었어
동네를 어슬렁거리던 고양이의 눈빛도
폐지를 줍던 노인들의 굽은 등도
골목의 모든 창문을 다 깨버릴 듯이
꺄르르 웃던 아이들의 경쾌한 발소리도

너는 한숨을 내뱉는다
네 한숨은 너무 미약하다
네 한숨과 함께 토해져 나온 입김은
너무 옅어서 안개가 되지 못한다
그건 이내 겨울의 차가운 공기 속에
섞인다 너는 사라지지 못할 것이다

이상하지 이 대낮
나는 여기 있지만 여기서
쫓겨난 것 같아 여긴 다른 곳인가

낮을 다 뒤져도 그들을 찾을 수 없었어
낮은 뒤집어 입어도 낮이지

아무것도 변하지 않는다
대수롭지 않은 일처럼
너는 문득 하늘을 올려다본다

하늘의 긁힌 자국 저길 열 수 있다면
하늘의 속살에서는 찾을 수 있을까
하지만 저건 그저 비행운일 뿐이야
시나브로 흩어져버리겠지 하늘은
너무 넓고 하늘은 너무 푸르러

나는 그쯤에서 몸을 뒤친다
네 눈꺼풀이 불편하게 떨린다

꼭은 네 눈꺼풀에 기거하고자 했던 건 아니었지만
눈을 비비면 보이는 눈꺼풀 안쪽의 밝은 점들처럼
금세 잊혀진 채 살기를 원한 건 더더욱 아니었지만
나는 너에게 말하지 않는다 네 망막과 홍채가
네게 더 깊이 들어가는 걸 허락하지 않았다

밤의 술기를 아무리 샅샅이 뒤져도

아무것도 찾을 수 없으면 그들이
있었다는 사실조차 흔적도 없으면

나는 말을 하지 않는다

어쩌지 여긴 다른 시간이야 밤을
뒤집어 입어도 밤이지 밤에서

나는 아무것도 열고 닫지 못한다
몸에 딱 맞는 어둠이 나를 감싼다
어둠은 끈적하고 내가 서서히
곪아가리란 걸 알고 있다

낮을 볼 수 있다면 낮에서
밤을 볼 수 있다면

바람이 분다 맑고 메마르고 시린
바람이 네 얼굴에 부딪친다
나는 몸을 떤다 벌겋게 튼 네 뺨으로
눈물이 흘러내린다 나도 조금 흘렸을까

너는 언제 눈이 멀까

네 입술의 거스러미들이 일어난다
네 말은 누구에게도 가닿지 않고
나는 끝끝내 말해지지 않는다
자리를 잡지 못한 네 말들로 이곳은 범람한다

기어이 나는 생각되지 않는다

너에게서 또다른 너에게로
나는 다시 옮아갈 채비를 서두른다

손 하나가

손 하나가 왔네 차가운 손 손 하나만
황급히 목덜미를 만지고만 간 가기만
가고 본 적은 전혀 없는 손 하나가
왔네 오긴 왔는데 오자 여태 그때의
손자국 남아 있는지 목덜미 서늘해지고
소름 번지고 손 하나가 간 뒤 온몸을
내내 꺼끌거리게 하던 기분 무엇이었을까
털어도 씻어도 사라지지 않던 그 기분은
손 하나를 이리저리 굴려가며 살펴도
손 하나는 손 하나일 뿐 손 하나에는
그때의 목덜미도 남아 있지를 않는데
그때의 목덜미는 오직 목덜미만이었나
그때의 목덜미는 그때에만 목덜미였나
그때의 목덜미는 목덜미이긴 했나 아니
있었다고 말할 수나 있나 그때 목덜미는
어떤 표정도 손 하나는 보여주질 않네
어떤 손금도 오로지 차갑기만 차가움만이
제 모든 것이라는 듯 차가움 외에는 아무
것도 아니라는 듯 고요히 차갑네 놓여만
있고 온통 입김이 가시질 않던 방의 차가움
속에서 머뭇거리며 움직이던 손 입김으로만
가득 채워지던 어둠을 더듬거리던 손 하나
한 번도 만져진 적 없던 몸과 터럭 한 올까지

속속들이 만져지던 몸 사이에 덜덜 떨며
지나치게 살아난 손끝의 감각으로나 비로소
손인 줄 알던 손 볼 수는 없던 손 하나가
어느 몸에서 어느 몸으로인지도 모르게
그만 몸은 떼어버리고 거기서 여기로
왔나 하며 손 하나 다시 살펴도 손 하나
말이 없고 입술을 꽉 다문 채 눈보라 속에서
손 하나 따라간 적도 있었네 있었다고는 해도
실은 발자국에 발자국을 되찍으며 가고만
있었는데 손은 외투 주머니 속에 숨어버려
있다고만 짐작될 뿐 있었는지 없었는지 자꾸
눈보라만 눈을 가리고 있었다고는 도무지
생각할 수 없게 지워지기만 안 보이기만
찾을 수 없어 손 하나 영영 나도 지워지는
안 보이는 기분이었는데 차가움만 선명히
남아 손도 없이 내 목덜미를 만지고 갔나
그때 가서 지금 내게로 왔나 하는데 손 하나
움직이질 않네 무언가 만졌다는 기척도 없이
무언가 안 만졌다는 사정도 없이 놓여만 있고
여전히 목덜미에 소름 가시질 않고 꺼끌 꺼끌만
거려 거리는데 손의 주인도 나도 찾을 수 없네
마주한 적 없네 손 하나와 목덜미 끝내 서로
날은 점점 어스름 속으로 말도 길도 희미해지네

영상

골짜기로 뼈만 남은 흰빛, 찌르듯이, 둘러선 가파른 산들
로, 휘몰려가는, 헤아릴 수 없이, 찌르듯이, 뼈와 흰으로 쪼
개지며, 흰만 남은 뼈 빛, 두껍게 얼어붙은 저수지로, 아무
도 건너가지 않은, 너머, 아무도 넘어오지 않는, 산들의 끄
트머리, 끄트머리로, 너머로는, 깊어지는, 깊어져봤자 훤히
드러나는, 드러나고야 마는, 골짜기로, 이슥하지도 않은, 깡
마른 나무들은 모두 흰, 빛으로 숨고, 흰, 흰, 물기 없이만,
바람에 베일 듯이, 빛, 빛, 뼈만 남은, 아득하고, 너, 온통 긁
히는, 흰빛에, 흰에, 빛에, 살갗, 찢기는, 흰, 붉은, 피, 배어
나오지 않는, 흰만 가득한 빛, 뼈만 조각조각, 바늘처럼 쪼
개지는, 가늘게, 눈 속에, 흰, 네, 눈 속에서, 쓰러지는, 흰,
아스라이, 너머, 너머, 너, 흰, 뼈만 남은, 빛, 검은, 흰, 골짜
기로, 저수지 건너, 저수지로 깊이, 보이지도 않는, 두꺼운,
흰, 검은, 얼음, 아래, 아래로, 나에게로, 흰에게로, 뼈에게
로, 낮고 낮게, 내려앉는, 하늘에게로, 빛, 남은, 검은, 에게
로, 나, 에게로, 죽어서, 살아서만, 에게로, 사라지는, 검은,
흰, 거뭇거뭇, 희끗희끗, 간데없이.

혼자 있는 사람은*

블라인드를 통과한 햇살이 당신의 등에
가로줄들을 긋는군요 날카로운 햇살이
몸을 토막 내고 있는 것만 같아요 토막
토막 무너져내리려는 몸을 간신히 붙들고
어지러운 침대에 걸터앉아 있어요 머리를
감싸쥐고서 한쪽 눈을 심하게 찡그린 채
무언가 떠올리려는 듯 허공에 고정된 눈은
초점을 잃고 점점 흐려져가요 어젯밤에
무슨 일인가 일어났나보죠 당신은
어젯밤에 사로잡혀 있어요 어쩌면 햇살은
밧줄인지도 당신을 어젯밤에 묶어두는 것
같아요 무슨 일이었을까 손이 더욱 깊이
머리를 감싸쥐는군요 손가락 사이로
찡그리지 않은 한쪽 눈의 동자가 조금씩
흔들리는 것 같지만 당신은 끝내 알아내지
못할 거예요 당신이 떠올릴 수 있는 건
무슨뿐일 걸요 무슨과 무슨 사이에서 당신은
이제 막 깨어난 거죠 햇살이 몸을 잘라도 몸을
묶어도 여기저기 널브러져 있는 무슨밖에는

알 수 없을 거야 녀석이 일어나기 전부터
녀석의 몸을 가로지르던 햇살이 어젯밤
일을 모조리 빼내갔을 게 분명하다고

흐느적흐느적 팔을 늘어뜨리고 발을 질질
끌면서 방을 나와 거실을 배회한대도
녀석은 제가 영영 모를 거란 사실을 알 리
없지 사실 녀석이 걷는다는 건 착각일지
몰라 녀석은 움직임이 거의 느껴지지
않을 정도로 느리게 발걸음을 옮기고 있거든
덕분에 햇살에서 벗어날 수 있었던 건
행운이지 녀석은 눈 한쪽을 여전히 찡그리고
있군 저 찡그림은 오래 갈 것 같네 녀석이
배회를 멈추고 겨우 베란다 앞에 쪼그려
앉는단들 무슨만 남은 어젯밤 일이
되살아나는 일 따윈 없을 거야 늦은 오후의
창가에서 식물들이 그림자를 늘이고 있어
촘촘한 그림자가 이미 녀석을 덮치고 있잖아
녀석은 이제 가망이 없어 아무리 허우적거려
봤자 결코 녀석을 놓아줄 리 없지 저 짙은 그물이

My funny valentine 해가 저물고
있어요 해가 지면 햇살도 그림자도
Sweet 사라지겠죠 comic 저 사람은
valentine 풀려날까요 풀리지 않는
무슨으로만 어젯밤은 어젯밤인 채로
저 사람의 찡그림 안에 You make me

smile 있어요 with my heart 휴대전화
벨이 울리네요 You looks are laughable
전화벨이 그의 귀에 가닿기엔
unphotographable 너무 가느다랗네요
Yet you're 가수의 목소리는 아주
my 살짝만 favorite work of art
커졌다가 Is your figure 잦아들기를
반복하고 있어요 누군가 less than Greek
저 사람에게 Is your mouth 알려줘야
할 것 같아요 전화벨 너머엔 a little weak
어젯밤의 무슨 일에 대해 증언해줄 사람이
있을지도 끝나지 않았는데 노래가 다시
시작되고 피어났다가 시들고 My funny**

너는 지금 소파의 뱃속에서 소화되고
있다 너는 기다시피 소파 쪽으로 이동
했다 휴대전화는 소파 위에 던져져
있었다 너는 여리게 울리는 휴대전화의
벨소리를 포착했다 있는 힘을 다해 소파에
도착했지만 벌써 여러 번 울린 벨소리는
멈췄다 발신자를 확인할 수도 있었지만
너는 그러지 않았다 너는 소파 위로 기어
올라갔다 팔걸이에 머리를 두고 누워 등받이

방향으로 몸을 돌렸다 그전에 너는 휴대전화를
엎어놓았다 전화가 끊기고 메시지 알림음이
계속 울렸다 메시지 알림음이 신경질적일 수도
있다는 사실을 그제야 깨달았다 모로 누워 너는
머리를 감싸쥐었다 두 눈을 모두 감았지만
여전히 한쪽 눈은 찡그린 모습이었다 어둠이
바닥부터 쌓여갔다 어둠이 집안을 점령하자
기다렸다는 듯 소파는 너를 조금씩 베어먹기
시작했다 무슨 어둠일까 이미 너는 소파와

당신은 끝내 떠올리지 못할 거예요 오늘밤에
또 무슨 일인가 일어날 거예요 어젯밤의
무슨과 오늘밤의 무슨만 당신에게 남게
되겠군요 또 무슨과 무슨 사이에서 깰 건지

녀석은 한마디도 말하지 않았지 한 번도
거울을 통해 제 몰골을 보지 않은 것처럼
거울 속에 무슨이 있을지도 모르지 찾을 수
있을지도 저 벌어지지 않은 입속에서라면

노래가 끝났어요 더이상 가수의 목소리를
들을 수가 없네요 저 사람은 지금 어디 있나요
한쪽 눈을 찡그린 어둠이 다시 모의를

시작하고 있어요 어둠이 일렁여요 다시 무슨무슨

      너는 들리지 않는 말들 사이에 있었다고
      추측된다 너를 둘러싼 적막이 얼마나
시끄러웠는지 너는 눈치채지 못했다 너는 다만
있었고 있었다고 추측될 뿐 지금 없다 없었다고는

        차마

      추측되지 않는다

* 고트프리트 벤.
** 영어 가사는 챗 베이커, 〈My funny valentine〉.

의자는 의자가 없지만

막이 오르면 조명이 꺼진다. 어둠뿐인 무대. 무대 위에 의자 하나가 놓여 있다. 의자는 의자를 모른다. 웅크린 듯 놓여 있는 의자 옆에는 의자 하나가 쓰러져 있다. 쓰러져 있는 의자는 쓰러짐을 모른다.

(어둠뿐인 객석. 관객은 어디 있는가. 관객은 있는가.)

의자는 눈이 없지만 무대에서 눈을 뜬다. 의자는 눈이 없지만 의자는 눈을 깜박거려본다. 어둠뿐인 무대. 의자는 눈이 없지만 의자는 눈을 감았는지 떴는지 분간할 수 없다. 의자는 눈꺼풀이 없는 것 같은 기분이다. 의자는 눈이 없지만. 의자는 눈꺼풀이 없지만.

의자는 손이 없지만 어둠 속으로 손을 뻗어 휘휘 저어본다. 의자는 바닥을 쓸어본다. 의자는 손이 없지만 손끝에 무언가 만져진다고 느낀다. 의자는 감각이 없지만. 의자는 곁에 쓰러져 누워 있는 의자가 있다고 느낀다. 의자는 쓰러져 힘없이 누워 있는 서서히 식어가는 의자를 더듬어본다. 의자는 손이 없지만.

의자는 다리가 있지만 일어서지 않는다. 의자는 다리가 있지만 의자는 웅크린 채 의자는 팔이 없지만 의자는 무릎이 없지만 의자는 팔로 무릎을 감싸 몸 쪽으로 끌어당긴다. 의자는 몸이 있지만. 의자는 머리가 없지만 의자는 무릎 사이로 머리를 파묻는다.

(어둠뿐인 객석. 웅성거리는 관객. 웅성거림은 어디서 흘러나오나.)

의자는 귀가 없지만 의자는 쓰러져 있는 의자의 입술에서
흘러나오는 희미해져가는 신음소리를 듣는다. 의자는 입이
없지만. 쓰러진 의자의 신음소리가 희미해져가다가 마침내
흘러나오길 멈춘다. 어둠뿐인 무대. 의자는 슬픔이 없지만.
의자는 삶이 없지만.

쓰러진 의자는 죽음을 모른다. 의자를 모르는 것은 의자
만이 아니다. 의자는 쓰러져 있는 의자의 고개가 힘없이 모
로 떨어지는 것을 외면한다. 의자는 목이 없지만 의자는 목
구멍에서부터 올라오는 울음을 가까스로 참는다. 의자는 의
지가 없지만.

의자는 자신이 비어 있다는 사실을 모른다. 의자는 안이
없지만. 아무도 앉는 사람이 없지만 의자는 아무를 모른다.
의자는 아무를 모르지만. 의자는 어디를 모르지만 의자는
웅크리고 있다. 빈 채 어디를 향해. 의자는 시간을 모르지만
의자는 낡아간다. 의자는 무릎이 없지만 의자가 무릎을 당
겨도 의자는 헐거워져 있다. 의자는 세월을 모르지만. 의자
는 바깥을 모르지만 기다린다는 사실을 모른다. 의자는 기
다림을 모르지만.

(관객을 모르는 것은 관객만이 아니다. 관객은 의자가 아
니다.)

의자는 질문이 없지만 쓰러진 의자를 의심한다. 쓰러진
의자는 쓰러짐을 모르지만 의자는 제 몸에 새겨진 생채기가
뜨겁다. 의자는 피부가 없지만. 의자는 기억이 없지만 쓰러

진 의자는 의자가 아닐지도 모른다고 생각한다. 의자는 머리가 없지만.

의자는 의자가 아니라는 사실에 휩싸인다. 의자는 망각이 없지만 의자는 이 순간이 계속 시작되고 있는 것만 같다. 어둠뿐인 무대. 의자에게 아무 일도 일어나지 않지만 의자는 의자에 싹이 나서 의자 의자 같은 노래가 읊조려진다. 의자는 성대가 없지만.

의자는 목소리가 없지만. 의자는 싹이 비죽 고갤 내밀 것도 같다. 의자는 몸이 있지만. 의자는 다리가 있지만 의자는 다리가 간질거린다. 의자는 뿌리가 없지만. 의자는 가슴이 없지만. 가슴에 구멍이 뚫린 것처럼. 바람이. 의자를. 의자는 울음이 없지만. 의자는 의자가 없지만. 무대는 무대가 없지만.

(관객을. 말하지 않는다. 관객은. 말하지 않는다. 말은 말이 없지만. 관객은. 관객이. 어둠은 어둠이 없지만.)

2부

모르는 얼굴을 들고서

사이사이

이곳에 들어서면 늘 허기가 지는군. 이십 년이 지나도 변하지 않아. 마치 이십 년 동안 내내 배를 곯은 느낌이야. 골목 바깥에 즐비한 생선구잇집과 술집들 때문이겠죠. 이 골목들을 채우고 있는 금속성의 소리들이 저는 무서워요. 영영 규칙적인 소리들을 벗어나지 못할 것만 같아요. 이따금 내가 이곳에 통째로 인쇄되어버리는 꿈을 꾸지요. 지금은 문 닫은 집들이 많은걸. 소리들도 전보다는 훨씬 간헐적으로 들리는군. 이미 소리들이 자넬 내 쪽으로 밀어낸 거 아닌가? 무거운 인쇄지를 잔뜩 실은 삼발이 오토바이를 피해 매번 벽에 붙어야 하는 건 이 골목을 지나는 사람들의 피할 수 없는 숙명이죠. 이를테면 전 살짝 피한 걸 거예요. 여긴 바라나시 같군. 그곳의 좁다란 골목엔 늘 시신이 지나지. 그곳에선 시신을 만나도 놀라거나 울면 안 돼. 조용히 비켜서야 한다고. 바라나시 같은 덴 가본 적도 없어요. 곧 가게 될걸세. 시간은 늘 어떤 얼룩 같은 걸 남기거든요. 거긴 미로 같을 거야. 당신은 내가 피한 벽의 얼룩 같은 걸지도 모르죠. 다 부식되어가는 시멘트 벽에 덕지덕지 붙은 영화 포스터처럼 주인공이 누군지도 알아볼 수 없고 벗겨내도 벗겨내도 다는 벗겨지지 않는 그저 얼룩인. 자넨 분명 거기서 길을 잃게 될 거야. 하긴 나도 당신도 이 미로의 주인공은 아니니까. 우리는 늘 골목의 타자인 셈이니까 골목을 함부로 규정하는 건 주인공들에 대한 예의가 아니죠. 우리는 그저 지나가는 사람들이고 지나가다 살짝 피한 사람들이란 걸 명심해요. 하면 자네는 나라는 얼룩의 주인 같은 건가. 포스터보단 오줌 자국이 나으려나. 여긴 꼭 창자 속 같군. 내 허기는 그 때문인가. 해도 난 이곳의 출구가 어디인지 아직 찾지 못했어요. 당신이 들어온 입구는 어느 쪽이죠? 그곳이 혹시 출구인가요? 지금 우리는 창자의 구부러진 주름 어디쯤에서 부지런히 소화되는 중인가. 꼬르륵꼬르륵 소리라도 내야 할 것처럼 당신은 말하는군요. 허나 내가 들어온 입구로는 나갈 수 없을 거야. 그것이 규칙이지. 누구도 서로에게 출구나 입구가 될 수 없는 규칙 같은 거 아니겠어? 출구니 입구니 하는 말은 내가 꾸며낸 수사에 불과하다고요. 난 이 근처 다 쓰러져가는 주상복합건물 사무실에서 매일 야근을 밥 먹듯이 하는 말단 직원일 뿐이에요. 나는 이곳을 지나 매일 출력소엘 가고 야근이 끝나면 이 골목 어느 술집에 기어들어 꾸역꾸역 술을 먹죠. 술 먹다 지하철 막차를 타고 여기선 먼 선배네 오피스텔에 가야 하는데 술이 너무 취한 날은 그만 종점까지 가곤 하죠. 비틀거리며 주저앉아 자다가 걷다가 다시 주저앉았다가 새벽 동틀 무렵에야 도착한 적도 있어요. 이봐요, 아저씨. 이게 현실이야. 하지만, 하지만 말이야. 자넨 아직 여기 있잖나. 여전히. 그 시간 속에. 이방인인 채로. 지금은 사라진 으슥한 동시 상영관이나 기웃거리며. 안 그래? 그래, 동시 상영관, 집회 시간이 남아 친구와 나는 담배 연기 자욱한 동시 상영관에 숨어들어 영화 한 편을 다 보고 두 편째가 막 시작할 즈음 서둘러 거리로 나온 적이 있어. 그때 햇빛이 너무 밝아 잠시 눈을 못 떴던 것도 같고. 대체 당신은 왜 이곳에 나타난 거죠? 자네가 말했듯이 난 얼룩이야, 아직 도래하지 않은 시간의. 뭐야, 설마 당신, 내가 당신의 과거라도 된다는 얘길 하고 싶은 거야? 이거 봐요. 분명히 말하는데, 난 당신의 과거가 아니야. 당신도 내 미래가 아니지. 그게 가당키나 해? 당신의 그 가래 끓는 목소리가 불현듯 시작되자 대꾸하듯 우연히 달라붙은 새된 목소리에 불과하다고. 당신이 어떤 과거를 얼마나 발끝 문드러지게 헤매다 도착한 것인지 모르겠지만 난 당신과 결코 같지 않아. 아니, 이 골목들의 미래와 난 그리 멀지 않다고. 이 허기, 이 창자 속 같은 미로…… 처음부터 골목 같은 건 없었어. 그건 우리의 말 속에서 어쩌다 생겨난 거라고. 봐, 우린 형체도 제대로 못 갖춘 채잖아. 이 금속성의 소리들, 저기 모퉁이를 도는 삼발이와 좁은 길과 담장과 벽 들은 분명 있어. 그래? 그럼 어디 얘기해보시지? 여기가 골목이라고 치고, 내가 이 지긋지긋한 골목에서 어떻게 해야 벗어나게 되는지. 이봐. 우린 같은 신세야. 당신도 나도 그만 생겨나버리고 만 이 골목에서 입구를 잊어버린 채 출구도 찾지 못한 채 배회만 하고 있을 뿐이잖아. 여긴 아까 왔던 곳인가, 그저 비슷한 곳인가? 여긴 여기뿐인가? 제길. 여긴 아까 그 시간이 확실한 거야? 당신은 아까 그 사람이 확실한 거야? 우리한텐 우리밖에 없고. 아니, 난 당신이 방금 봤던 내가 확실한 거야?

하다면 누가 우리 목소리로 하여금 말하게 하고 있는 거지? 아까부터 누가 우릴 자꾸만 기록하고 있는 거야? 기록하면서 주저리주저리 그치지 않고 그저 말하게만 우리더러 하고 있는 넌, 넌 누구야? 느닷없이 두 목소리를 이 헐거운 대화의 주인공으로 만들어놓고 어둠도 아닌 것이 빛도 아닌 것이 그저 떠돈다고만 할밖에 명료하다고도 흐릿하다고도 할 수 없는 여기 이 으스스한 시 안에 꼼짝없이 가둬놓고 거기 바깥에서 요실금에나 걸린 듯 실실실 웃음 찔끔거리며 부지런히 컴퓨터 자판을 두드리고 있는 넌, 도대체?

정류장

그가 말했다. 나도 한때 들판이었던 적이 있소. 하지만 지금은 그저 빈 들판이요. 고독하지도 않은데 이것참 남세스럽군. 정류장엔 다른 사람이 없었다. 너무 늦었거나 너무 일렀다. 내가 들판이었던 때를 생각해보시오. 곡식들은 저마다 열매를 매달고 눈부신 햇빛 속에서 익어가고 있었을지도 모르지요. 삽 같은 농기구를 어깨에 걸치고 농부 하나가 들판 사이를 걸어가고 있었을지도. 들판을 가로지르는 시냇물 소리도 선명하게 들렸을 거요. 만약 당신이 거기 있었다면 새파란 하늘을 가로지르는 새 한 마리를 발견했을 수도 있겠군요. 지나가는 것은 아무것도 없다. 주변에 불 켜진 건물도 없다. 가로등 하나만 정류장과 빈 도로를 희미하게 비출 뿐이다. 여기는 꽤 외진 곳이다. 그런데, 그런데 말이오. 빈 들판이 되자마자 나는 내가 들판이었던 때를 떠올릴 수 없게 되어버렸소. 들판이었던 때 내 몸에 새겨진 감각들은 모두 어디론가 사라져버렸소. 빈 하나만 내 몸에 달라붙었을 뿐인데 이토록 심각한 망각이 내게 끼얹어질 줄은 차마 몰랐지 뭐요. 그때 등뒤 가로등 빛이 미치지 않는 어둠 속에서 눈동자 두 개가 빛을 내고 있는 게 보였다. 길고양이일 것이 분명했지만 왠지 그 눈빛의 주인이 정체를 알 수 없는 짐승으로만 자꾸 생각되었다. 한 쌍의 눈빛은 이따금 동시에 깜박거렸다. 눈을 감을 때 짐승은 거기 없는 것 같았다. 있었다는 사실조차 까맣게 잊히는 것처럼. 애초에 들판은 들판일 뿐 들판의 내용이 적시되지 않았으니 나는 그저 아무 내용도 없었던 게 아니오? 들판이라는 명칭만 내게 있었지 들판의 구구절절한 사연 따위는 정말 아예 없었던 거 아니냔 말이오. 실은 비어 있었지만 그때 빈이 생겨나지 않아서 비어 있다는 걸 전혀 의식하고 있지 못했던 거 아니오? 실은, 실은 말이오. 곡식들의 그루터기만 남아 조용히 썩고 말라가고 다시 썩고 있었던 거요? 풀들은 푸름을 잃고 흙의 속살들은 흉하게 드러난 채 어두워가는 하늘 아래 아무도 아무것도 없이…… 그러나 이것 역시 어디까지나 망각의 내용일 뿐이지 않겠소. 짐승이 눈을 뜨면 짐승이 거기 있다는 사실이 생겨났다. 어둠 때문에 형체는 볼 수 없었지만 그것의 강렬한 눈빛에 의지해 나는 그 사실을 믿을 수밖에 없었다. 확실하게 어둠 속에서 두 눈만은 우리를 쏘아보고 있었다. 눈빛이 가까이 있는지 멀리 있는지 가늠하기 어려웠다. 여긴 바깥이 틀림없는데 눈빛은 알 수 없는 거리의 또다른 바깥에서 우리를 들여다보고 있는 것만 같았다. 여기는 아무것도 변하지 않았다. 시간이 어떻게 흘러가는지도 알 길 없다. 그는 말한다. 참내, 망각의 내용이라니. 그게 가당키나 한 말이오? 그는 계속 말한다. 나는 빈에 착색된 것 같소만, 지금은 보여줄 수는 없지만 절대 지울 수 없는 색깔이 내 몸을 온통 덮어버린 것 같소만, 몸속에선 내내 바람이 불고 내가 할 수 있는 일은 바람에 몸을 맡기는 일뿐인 것 같소만, 그는 계속, 계속 말한다. 정류장은 정류장일 뿐이었다. 그는 아는 사람이 아니다. 바람에 몸을 부풀리고 마침내 펄럭인다면 색색의 빈뿐인 몸만 얼룩덜룩 펄럭인다면 빈 들판에서 들판은 어디로 가겠소? 빈만 남은 빈 들판도 빈 들판이라고 할 수 있겠소? 그를 다시 볼 일은 없을 것이다. 나는 어딘가로 가야 한다. 내 몸에서 장소가 빠져나가버렸소. 거죽만 남은 몸은 어디서 다시 장소를 마련해야 한단 말이오? 여전히 아무것도 지나가지 않는다. 기다리던 버스는 오지 않고. 그때 내 이름은 또다른 장소이겠소? 대체 그 이름들은 어느 시간들 속에 흩어져 있는 거요? 그때도 빈은 내게 찰싹 달라붙어 있지 않겠소? 처음부터 내가 기다렸던 게 버스였는지도 기억나지 않는다. 해도 나는 어딘가로 가야 한다. 여긴 정류장이니까. 정류장을 버리고 정류장 혼자서 기다리라고 내버려두고. 나는 짐승의 눈빛 쪽으로 향한다. 그곳은 어쩌면 이 시답잖은 알레고리의 바깥일지 모르겠다. 생각했는데 내가 몸을 돌려 걸음을 옮기자 이내 눈빛은 사라졌다. 다시 눈뜨지 않았다. 다시 아무것도. 당신은 너무 일렀거나 너무 늦었소만, 그곳에 눈빛은 정말 있었던 것일까. 다시 그곳은. 없어졌다. 다시 바깥은. 빈 들판이 되기에도 빈이 되기에도. 그의 목소리만이 어둠처럼 끈질기게 내 귀를 잡아당겼다.

변명, 이웃

문을 나서면 이웃이 있다 이웃이 있다고
생각할 수밖에 없다 이웃이 없다면 골목이
저리도 무성하게 자라날 리 없다 매일 밤
새로 돋아난 골목에선 새로운 고양이들이
밤새 배회하는 일도 배회하다 골목과 함께
사라지는 일도 없을 것이다 이따금 골목엔
어울리지 않게 뽕나무 같은 게 한 그루 솟아
나기도 하는데 오래된 나무의 그 검은 열매들이
채 익기도 전에 새들이 날아와 모든 가지를
흔들며 열매들을 죄 쪼아먹어버리곤 하는데
이웃이 없다면 그런 계절에 그 많은 새들이
부리를 검게 물들이고 밤 쪽으로 날아오르는
일 따위는 일어나지 않을 것이다 온전히 밤으로
가지 못한 새들이 가끔 내 문앞에 검은 부리를
떨어뜨리고 가기도 하지만 나는 건드리지 않고
밤이 될 때까지 그냥 둔다 밤이 아무도 모르게
그것들을 주워 삼킨다는 사실을 알고 있으므로
밤이 날갯짓에 비해 지나치게 많은 부리를 지닌
이유에 대해 멋대로 추측하고 만다 문득 이웃도
알고 있을까 궁금할 때가 있어도 그저 믿을 뿐
굳이 묻지 않는다 이웃은 다만 이웃이므로 나와
이웃해 있을 뿐 내게 모습을 보일 필요는 없다
이 골목의 입주민들이 모여 웅성거리는 소리가

가끔 문밖에서 들려오기도 하는데 그들의 말을
알아들을 수는 없다 서로가 서로의 이웃임을
확인하는 게 분명하다 그 웅성거림 속에 이웃의
목소리가 섞여 있는지 아무리 귀를 기울인들
그의 목소리를 구분할 수 있을 리 없다 없어도 그런 날은
나도 그의 이웃이 맞을까 의심이 곰팡이처럼
피어오른다 해도 그런 건 금세 말끔히 지워진다
덕지덕지 달라붙어 있는 그의 집 창문들이 나를
안심시킨다 그 창문들은 내 집 창문들과 마주보고
있다 집안의 불을 끄고 그의 집 창문에 불이
켜지는 걸 초조히 기다리는 때도 있다 불이 켜지고
모든 창문마다 그가 불빛 너머 몸을 숨기고 있다고
생각하면 가슴이 두근거린다 그의 입김이라도 내게
와닿는 듯 어느 날인가는 그의 집 창문으로 불빛이
줄줄 샜다 불빛과 함께 그의 눈초리들도 섞여
나왔는데 포효를 억누른 짐승의 눈초리처럼
날카로웠다 눈초리들이 무엇을 향해 있는지는
알 수 없었지만 내가 그 눈초리들을 주우러
나가려 했을 땐 이미 밤의 부리들이 그것들을
물어간 뒤였다 나는 그 눈초리들이 나를 향해
있었길 바랐다 아무래도 눈초리들은 자라나는
골목이나 사라진 고양이들과 연루되었다는 게
훨씬 더 유력해 보인다 해도 이웃이 그의 창문

맞은편 어둠 속에 내가 있음을 알아채길 바랐다
빈 박스처럼 구겨져 내가 이웃을 이웃이라고
믿고 이웃의 안녕을 빌며 내가 이웃의 이웃이
되는 점점 헐어가는 생각에 골몰해 있음을
알아봐주길 바랐다 바랐으나 이웃이 이웃을
거부한다면 처음부터 이웃 따위 생겨난 적도
없다면 오직 믿음만으로 문밖을 나서도 기어이
이웃이 없다면 골목들은 어떻게 새로운 가지를
뻗을까 밤은 어디서 제 부리들을 떨어뜨려야 할까

나는 얼굴을 감싸쥔다 양손 가득
모르는 얼굴이 만져진다 이 얼굴
이웃에게 선물하면 어떤가 마침내
나는 문을 나선다 있을지 없을지
확실치도 않은 이웃에게 간다
마침내 모르는 이웃이 되어
아는 얼굴은 그만 없는 채로
쥐어뜯은 모르는 얼굴을 들고서

방문자

그러니까 너는 그러지 말았어야 해. 네가 그렇게 했던 건, 급하게 계단을 뛰어내려와 지하철 문이 닫히기 직전 지하철에 올라타려는 사람을 밀쳐버린 거나 마찬가지야. 생각해봐. 경고음이 울리는 것과 동시에 자신의 발이 지하철 안쪽으로 뻗어 있을 때 그는 비로소 조바심과 초조로 잔뜩 긴장했던 얼굴의 근육들을 이완시킬 준비를 하고 있었을 거야. 바로 그때, 네가 그를 밀어버린 거지. 전혀 예측하지도 못한 상황에서. 그 사람은 순간 균형을 잃고 플랫폼에 나동그라지고 말았어. 그러니까 너는 그러지 말았어야 해. 이제 와서 기억이 나지 않는다는 게 무슨 소용이겠냐? 이제 와서 그랬을 리 없다고 고개를 가로젓는 게 무슨 소용이겠냐고. 물론 너는 지하철과 승강장 사이로 그의 발이 빠지지 않도록 적절히 미는 힘을 조절했겠지. 하지만 그게 어쨌다는 거야? 이미 그의 등은 바닥에 부딪히고 그의 팔다리는 우스꽝스럽게 허공에서 허우적거리고 있는데. 그때 그의 표정이 어땠을 거 같아? 지하철 문이 닫히고 스크린도어가 닫히고. 지하철이 아직 일어나지 못한 그를 지나쳐 지나갈 때 어땠을 거 같냐고? 다그치는 게 아니야. 그러니까 너는 그러지 말았어야 해. 창피함과 황당함이 뒤섞여 어떤 표정을 지어야 할지도 모른 채 눈만 커져가는 얼굴을 뒤집어쓰고 자신의 육체가 갑작스럽게 딱딱한 승강장 바닥에 떨어질 때 그는 아픔 같은 건 느낄 겨를도 없었겠지. 다만 어떻게 해서든 네 표정을 읽으려고 애쓰며 지하철 문 안쪽에 서 있는 너를

쳐다봤을 거야. 너를 쏘아볼 생각 따위 차마 하지도 못했을
거고. 그러니까 너는 그러지 말았어야 해. 아니, 너는 너를
몰라. 그 술집의 침침한 조명 아래에서 목소리를 높여 네가
그랬다는 건 충분히 예상할 수 있는 일이야. 내가 거기 없
었다는 게 중요하진 않아. 거기 없었지만, 나는 알 수 있지.
내가 너를 잘 안다는 걸 너는 절대 잊으면 안 돼. 그를 붙잡
아주려고 그랬다고? 그를 끌어당겨 지하철에 가까스로 태
울 힘은 있고? 아니, 너는 그럴 힘이 없어. 하다못해 그럴
용기도 없잖아. 너는 그냥 그를 밀었던 거야. 너는 지하철과
함께 그의 시야에서 사라지고 너를 좇던 그의 시선은 영원
히 해결되지 않는 의문들과 함께 그가 나동그라진 바로 그
자리에 남겨지겠지. 선로에 고인 어둠과 함께. 그러니까 너
는 그러지 말았어야 해. 그 지하철역에나 가보지 그래? 그
가 여전히 거기 널브러져 있을지도 몰라. 너는 원래 그런 사
람이야. 내가 보증하지. 그는 그 자리에 계속 지하철을 놓
치며 기념물처럼 붙박여 있을지도. 참내, 지하철을 놓치는
게 지금 너일 거라고 생각하는 거야? 너는 그런 의문이 가
득한 어둠과는 어울리지 않아. 그렇다니까. 그러니까, 그러
니까 너는 그러지 말았어야 해. 너는 그러지 말았어야 하지
만, 그러니까, 너는 반드시 그랬어야 하는 사람이야. 그렇
다니까. 나는 확신할 수 있어. 나만 믿어. 믿으라니까. 그렇
지. 글쎄, 그러라니까.

세 사람이

두 사람이 있어야 한다. 두 육체가 있어야 한다. 하나의 육체는 앉아 있게 한다. 하나의 육체는 누워 있게 해야 한다. 그는 식어가는 육체 곁에 앉아 있었다. 이런 문장으로 시작한다. 나는 담배를 피운다. 문장을 쓰자마자 나는 문장에 연루된다. 다음 문장이 써지지 않는다. 담배 연기가 문장으로 스며든다. 몸속 깊은 곳으로부터 담배 연기가 흘러나왔다. 이 탁한 한숨이 육체에 깃들면 육체가 금방이라도 일어나기라도 한다는 듯이 그는 담배 연기를 점점 더 차가워지는 육체의 얼굴 위에 뱉어냈다. 삼인칭으로 한 사람을 부른다. 일단 남자일 것이다. 한 사람은 육체라고 부른다. 핏기라곤 하나 없는 하얀 얼굴 비로소 그는 그 얼굴이 아름답다고 생각했다. 죽어서야 아름다움을 알아볼 수 있는 얼굴 하나가 그의 곁에 반듯하게 누워 있다. 잘못 써진다. 아름다움은 계산에 없었다. 그의 감정이 아니다. 나의 감정이다. 그는 내가 아니다. 나는 육체가 아니다. 나는 모르는 이야기를 아는 이야기처럼 쓴다. 육체는 살아생전 그를 사랑했다. 그에게 집착했으며 밤이면 전화를 걸어 그에게 욕설을 퍼부었다. 너 때문에 난 이렇게 살게 됐어. 이건 아는 이야기다. 이 이야기의 주인공은 죽었다. 그는 아는 사람이 아니다. 그도 나를 아는 사람이라고 생각하며 죽었을 리 없다. 모르는 사람의 삶에 대해 생각한다. 아무래도 나는 알 수 없다. 제 운명이 그의 탓이기라도 하다는 듯이 그러나 충분히 그 자신의 운명도 육체의 탓은 아니므로 둘 다 서로를 탓할 수밖에는 도리가 없었다. 둘 다 진실을 알고 있었지만 진실은 그들의 대화와는 너무도 먼 곳에 있다는 사실이 둘을 힘들게 했다. 모르는 사람도 모르게 쓴다. 모르는 사람에 대해서 혹은 아는 사람에 대해서 모르는 사람이 알게 쓰거나 아는 사람이 모르게 쓰고 나면 그는 아는 사람인지 모르는 사람인지 모르게 된다. 그냥 모른다. 아는 것은 모른다는 것뿐이다. 모른다는 것을 안다는 것뿐이다. 그는 모르고 죽었다. 그랬으면 좋겠다. 나는 그를 모른다. 여러 번 육체는 손목을 그었다. 이건 들은 이야기이다. 그때마다 그는 응급실로 달려가 육체의 헐떡이는 숨소리를 들어야 했다. 끊어질 듯한 숨소리 속으로 매번 눈물이 흘러내렸으며 그런 일들이 반복될수록 그는 그와 육체가 공유한 어머니가 아무것도 알지 못한 채 그저 의문에만 사로잡힌 채 고통을 공유하려 하지 않은 채 늙어가는 모습을 지켜봐야 했다. 아는 이야기와 모르는 이야기가 뒤섞여 있다. 이 이야기는 내가 감당하기엔 너무 특수하다. 엇나가고 있다. 그와 육체는 아는 사이다. 그에게 육체는 아는 육체다. 육체도 그를 알았다. 내가 아는 사람은 아니 내가 모르는 사람은 그인가 육체인가 기억이 뒤엉긴다. 진실은 너무나도 먼 곳에 있다. 문장이 문장 밖을 참견한다. 엇나가고 있다. 아는 육체는 어떻게 모르는 육체가 되는지 불현듯 궁금하다. 그 생각은 이어지지 않는다. 쓰는 자가 문장 안에서 길을 잃는다. 문장은 문장 바깥과 너무 많이 연루된다. 쓰는 자는 제 문장으로부터 벗어나야 한다.

그 이후엔 또 누군가 써야 한다. 누군가는 나인가 아닌가 나는 모른다. 나도 모르고 죽을 것이다. 그랬으면 좋겠다. 육체는 익사하지도 않았는데 축축하게 젖어 있었다. 이야기는 실패하고 있다. 문장 안의 육체의 감각은 문장 밖의 나의 어머니의 주검으로부터 비롯된다. 점점 굳어가는 종아리근육 위로 정맥류가 도드라진 게 보였다. 그는 그것이 그의 육체에 흘렀던 마지막 강물 같은 것이라 생각했다. 더 실패하고 있다. 그는 육체 곁에 몸을 뉘었다. 밤이 찾아오는 것 같았다. 사위는 어두워지고 육체도 어두워졌다. 그 곁에서 그 역시 어두워졌다. 그는 육체에게 손을 뻗었다. 차갑고 딱딱한 피부가 만져졌다. 그는 어둠 속에서 육체를 더듬었다. 육체의 성별을 생각한다. 최악의 실패는 선정적이다. 그 밤 형에게서 바람이 오고 나는 바람으로 온통 부풀어. 형뿐이기만 한 바람 때문에 온몸에서 강물이 일어. 강물로 뒤덮여 나는 곧 흘러내릴 테지만. 육체가 말하려 한다. 가까스로 육체의 벌어지지 않은 입을 틀어막는다. 이렇게 시작하는 이야기였으면 나았을지 모른다. 담배를 한 대 더 피웠더라면 실패하지 않았을지 모른다. 나는 쓰는 자와 타협한다. 쓰는 자는 내가 아니다. 육체는 꼼짝하지 않았지만 샅샅이 육체의 기억을 손끝에 모두 입력하기라도 하듯 육체를 만지고 만졌다. 식어가는 육체 곁에서 그는 뜨거워지고 있었다. 그때 그밤 어둠 속에서 처음으로 더듬더듬 육체를 만졌을 때처럼. 더 잘 잘못 써진다. 비로소 시는 잘 실패한다. 두 사람이 있

어야 한다. 아니, 세 사람이 있어야 한다. 두 육체가 있어야
한다. 아니 세 육체가 있어야 한다. 하나의 육체는 앉아 있
게 한다. 하나의 육체는 누워 있게 해야 한다. 하나의 육체
는 문장을 쓰도록 한다. 그중 나는 누구이게 될지 결정하지
않는다. 그는 식어가는 육체 곁에 앉아 있었다. 이런 문장으
로 다시 시작한다. 다시 더 잘 실패한다. 네 사람이 있어야
한다. 아니, 다섯 사람이. 아니 아니, 여섯, 일곱 사람이. 더
더 더 실패한다. 있어야 한다.

두 밤 사이

　이건 여기 놓고, 이건 저기로 놓으라고요? 아, 이건 이쪽 밤에 두어야 하는 것이군요. 아니, 저쪽 밤엣것이라고요? 예예예, 시키는 대로 합죠.

　이불이 두 채 있는데 이것들은 어떻게 할까요? 둘 다 냄새가 나기야 나지만 쿰쿰한 냄새에 요상야릇한 냄새가 더해진 이불은 이것인데요, 이건 저쪽 밤에 놓아야겠군요. 하니, 요상야릇한 냄새 이전이 이쪽 밤이군요? 냄새의 연유야 내 알 바 아니겠으나 요상도 야릇도 밤의 일이긴 일이겠으니 어디서 꽃이라도 흐드러져 꽃냄새라도 흠썬 쐰 모양이죠? 본디 쿰쿰할 밖에는 없는, 싸구려 나일론 솜도 다 짜부라져 원래의 부피를 잃어버린, 해진 이불 따위에 요상도 모자라 야릇이라니.

　이 좌식 책상과 두껍고 무거운 286 노트북컴퓨터는 양쪽 다에 놓으면 되겠죠? 정체를 알 수 없는 사람들의 수런거리는 말소리는 이쪽 밤 불투명한 유리창 바깥에 붙여놓을까요? 형태를 구분할 수 없이 덩어리진 흐릿한 그림자들과 함께. 징, 켤 때마다 우는 소리를 내는 형광등은 어떡할까요? 양쪽 밤 다 끄라고요? 양쪽 밤 다에다 끈적끈적한 어둠만 채워놓으라고요? 한데, 끈적임도 서로 질감이 다를 터인데, 제겐 이 미묘한 차이를 감별할 만한 능력은 없는데요? 흥분과 치욕의 질감이라고요? 저쪽 밤은 흥분과 참혹으로 끈적이는 어둠이라? 그걸 나더러 어떻게 구분해 배치하란 말입니까요? 흥분이 치욕으로 혹은 참혹으로 뻗어갈 때 양쪽 밤

의 흥분의 성질은 다른가요, 같은가요? 치욕과 참혹의 경계
는 어드메이겠습니까요? 뭐라고요? 모른다고요? 이것참,
헛, 참이고요. 이다 말다네요. 이고 말고이고요.

　예예예, 나머지들을 우선 놓아보죠. 이 절대 깨질 것 같지
않은 도기 컵은 어디에 두는 게 좋을까요? 가만, 옆집 남자
의 잠꼬대마저 들리는 얇은 벽 한가운데 얼룩 하나가 생기
려 하는데요? 아, 술병들과 한 짝이구만요. 저쪽 밤이 분명
하군요. 이 절대 깨질 것 같지 않은 도기 컵은 하면, 저 벽
의 아직인 시간과 이어져 있는 셈인데, 부딪혀 쨍그랑? 아
니, 아니, 저도 알고 있어요. 미리 예측하는 일이야 제 몫이
아니죠. 아니고말고요. 물론입죠. 거기까지만 해두기로 하
죠. "내 스물다섯 해 동안의 피로가 한꺼번에 몰려오는 느
낌이야" 같은 중얼거림, "내 눈을 똑바로 봐" 같은 새된 목
소리는 이쪽 밤이겠군요. 조심스럽고 서툴게만 헐떡이는 숨
소리와 철썩, 갑작스럽게 뺨을 올려붙이는 소리도 이쪽 밤
인가요? 숨막힐 듯한 침묵과 불규칙적인 날숨과 들숨의 잠
과 들릴 듯 말 듯 한 바스락거림 말이죠? 벌써 저쪽 밤 이불
밑에다 넣어두었죠.

　하면, 이 거대한 여자와 왜소한 남자는 어느 밤으로 보낼
까요? 이쪽 밤엔 여자를 저쪽 밤엔 남자를 보내는 게 맞죠?
한데, 담배 연기로 가득한 동시 상영관의 저녁 얼굴도 없이
불쑥 내밀어지던 손들과 홍등가를 배회하는 어지러운 치기
어린 망설이던 발자국은 각각 어느 밤에 두어야 할지 영 헷

갈리는데요. 아, 그렇구만요. 손들은 이쪽 밤 앞에 깔아두어야 하는군요. 발자국은 저쪽 밤 앞이고요.

해서, 혼탁하게 뒤섞인 감정들은 그렇게 생겨나는 것이로군요? 밤을 휘젓는 이 감정들의 위치를 정확히 안다는 건, 해서, 어려운 일이겠군요. 해서, 흥분과 치욕, 흥분과 참혹이 어느 쪽 밤의 것인지 판별하기가 영 쉽지만은 않았던 것이로군요. 해서, 당신은 그 난감으로부터 벗어나보려는 심산으로다가 나더러 대신 말을 시작하라고, 해서, 그 난감함을 나한테 떠넘겨버리려고, 버리려고만, 했던 것이었던 것이었던 것이군요. 끈적거리는 어둠의 질감을 당신 스스로 만져볼 마음 같은 것이사 처음부터 아예 없었던 것이었던 것이었군요. 해서, 내가 이 더러운 어둠을 몸 여기저기 묻히는 꼴을 마냥 보기만, 보기만 했던 것이었던 것이로군요.

한데, 당신은 어디 있지? 왜, 모습을 드러내지 않는 거요? 그렇군, 렇군, 렇군이로군. 당신은 없고, 그 없음으로 밤은 흩어져 부유했던 것이로군, 이로군. 남자도 여자도 제가 있어야 할 자리에 있지 못하고 제가 남자인지 여자인지도 알지 못하고 늙지도 죽지도 않고, 어느 시간인지도 모르는 시간에 엎어져, 여기 유일하게 없는 당신으로 인해, 허허허, 허허허허허. 한데도, 하므로, 하면, 나는 어쩌다 있어져 없는 당신의 손아귀에 놀아나고만 있는 것인지, 도통, 알지 못하겠는 것이라는 것인데, 말야.

아, 아무래도, 말야, 나는 이제, 말야, 당신을 두 밤 쪽으

로, 말야, 보내야겠지. 영영 흩어져 끈기조차 없이 놓여 있
는 것들 사이로, 말야, 당신을 비로소, 말야, 보내서, 말야,
두 밤을 완성하려는 것이지. 하나뿐이라고 말이지? 당신
은, 하나밖에, 없다고, 말이지? 그런 걱정일랑은, 말야, 접
어나, 말야, 두시란 말이지. 당신을 반으로 딱 찢어놓으면
될 일 아니겠어? 딱 반으로, 말야, 찢은 줄도 모르게, 말야,
찢어주겠단 말야, 말이지. 자, 말야, 이리로, 말야, 내게로,
말야. 두 밤이, 말야, 균등하게, 말야, 나를, 말야, 도울 것
이니, 말이지, 양쪽 밤을 향해 가랑이를 벌리고, 말야, 찢기
좋게, 말이지.

　당신의 없음이 내가 생겨난 이유라면, 당신의 그 없음도
딱 반으로 찢어놓아야겠지? 어서 오란 말야. 당신의 없음
도 착실히 챙겨서 오는 줄도 모르게, 오란 말야. 오기만 오
란 말이지. 말이지 말야. 말야라고 말야, 말이지, 말. 그저.
말인데 말야.

거짓말 1

멀리서 번개가 풍경을 찢는다 서둘러
네가 술집 문을 열고 들어온다 문이
닫히고 풍경은 봉합된다 너는 젖었고
유난히 검은 머리카락에서 물이 뚝뚝
떨어진다 머리통에 숱 없는 머리카락
뭉쳐서 달라붙고 듬성듬성 흰 두피가
유난히 흰 피부가 더 하얗게 질리고
파르르 떨리는 푸스름하게 생겨나는
입술 번개 때문인가 비 때문인가 생겨
나는 네 입술 사이 말이 새어나온다
부족해 넌 믿음이 엄마……나가……할아
버지가 죽……할머니……뒤따……고 형
번개가 너를 쫓아왔다 술집까지 기어이
환하게 환함 너머 환함으로 너는 환함
속으로 사라졌다 나타났다 너는 없다가
있다가 뒤늦게 천둥이 도착하고 네 말
천둥 속으로 안 들렸다 들렸다 네 말
없다가 있다가 환함에서 네가 술자리로
자꾸 돌아올 때 너는 늙고 천둥소리에서
가까스로 빠져나온 말 알아들을 수 없어
과 누나……뿔뿔……어지고 아버……소식
도 없……길에서 죽……뒤 옛집……을 때
욕조……쥐 세 마리……져 죽어 있었……

사라졌다 나타났다 나 함께 안 들렸다
들렸다 없다가 있다가 없다가 나 믿음이
부족하고 퉁퉁 불은 쥐들⋯⋯건져내⋯⋯이 뚝
뚝 떨어⋯⋯물이 멈추질⋯⋯아버지⋯⋯죽기
⋯⋯에 그랬⋯⋯내 인생이 우습냐⋯⋯스웠어
⋯⋯우스워⋯⋯을 뻔 했⋯⋯쩌면 쥐 한 마리
가 죽기⋯⋯한 말이었는⋯⋯내 인생이 우습냐
믿음이 나는 부족하고 네가 나타날 때 말은
숨고 말이 나타날 때 네가 숨어서 빗소리
무섭고 알아들을 수 없는 네 거짓말이 계속
된다는 거짓말을 나는 계속 쓰고 있고 내
눈과 귀를 어디에 뒀더라 수십 년 전부터
거짓말 속에서 번개와 천둥과 너는 여태
산다 죽지는 않고 비 좀처럼 그치지도 않고
⋯⋯습다고 우스워⋯⋯쥐에게도⋯⋯입술⋯⋯
푸르스름⋯⋯우스워 나⋯⋯에 빠져 죽을 뻔
했⋯⋯머리가 다 젖⋯⋯? 왜 내 몸에선⋯⋯
마르지 않는⋯⋯겠⋯⋯몸⋯⋯쥐⋯⋯물⋯⋯
여며뒀던 풍경의 실밥 다 터져버리고 풍경의
속살들 비집고 나온다 검은 머리카락 젖어 뭉치고
달라붙어 물 뚝뚝 떨어뜨리며 너는 아직, 얼굴
하얗게 질린 채로 영영 여기 도착하지는 않,

거짓말 2

불빛 흐리고 불빛 흘러내리고 불빛들로 밤은 홍건하고
비로소 네가 말해진 말이 전해진다

걔네가 어떻게 알겠어

술병들이 모두 숨는다

우리에게 전해진 네가 말해진 말을 우리는 이어붙인다 밤
새도록 이어붙인다 우리는 네가 말해진 말을 우리는 너를

구하지 못했다
네가 말해진 곳에 너는 없고

네가 말해진 말이 전해진 곳에 더더욱 없고 너는
네가 말해진 말이 전해진 곳 너머 네가 말해진 곳 너머
겹겹의 너머에 있으리라고 우리는 추측하고 우리는 가정
하고

우리는 네가 말해진 말의 진위를 확신하지 못하고
우리는 술병들의 거처를 의심한다

어떻게 알겠어 걔네가

네가 말해진 말 속에서 네가 했다는 말 속으로 속수무책
으로 우리는 끌어당겨지고
우리는 거기 없다 끝내 우리는

너를 구하지 못했다
우리가 이어붙인 말 속을 다 젖어서

너는 돌아다닌다 네가 계속 돌아다니도록 멈춰지지 않도
록 우리는 계속 네가 말해진 말을 이어붙이고 붙이고 붙이
지만 이따금 우리가 이어붙인 네가 말해진 말은 젖고 젖어
번지고

알겠어 걔네가 어떻게

네가 전해진 말 속의 네가 했다는 말은 얼룩지고 알아보기
점점 힘들어지고 우리가 이어붙인 네가 말해진 말 속에서
너는 계속 돌아다니고 계속 얼룩지고 알아보기 점점

힘들어지고 이윽고 술병들이
혼곤한 불빛들 속에서 발견된다

말해지지 않은 곳에 너는
있긴 있는가 우리는 아무도 입 밖으로

꺼내지 않는다 네가 말해지지 않은 말을

침묵은 젖고 얼룩지고
알아보기 힘들고

모두 비어 있다
아직 따지 않은 술병들

쓰러져도 아무것도
엎질러지지 않는다

저쪽에서

이 산책은 오래되었어. 이곳의 가지런한 햇살도. 나란히 늘어선 비슷비슷한 공동주택들의 도무지 익숙해지지 않는 표정도. 오래되었어. 끝나지 않아. 한 사람이

내게 가까워지고 있어. 그는 내 뒤에서 오고 있었던 모양이야. 한쪽 손은 휴대전화를 들어 귀에다 대고 한쪽 손은 가슴께에서 세차게 흔들면서 그가 나를 지나쳐가. 흘낏 그를 봤는데 얼굴이 흙빛이야. 눈동자가 심하게 흔들리고 있어. 입을 크게 벌렸다가 입을 오므려 소심하게 웅얼거리다가. 입의 크기에 따라 눈도 함께 커졌다가 이내 초점이 흐려지기도 하고. 그는 천천히 걷고 있어. 그러다 멈추고 다시 천천히 걷고 또 멈추고. 멈춘 자리에서 손을 세차게 흔들고. 내가 그에게 그랬다고? 나는 전혀 기억나지 않아. 내가 원래 그런 사람이라고? 너는 그런 사람이라고 죽 생각해왔다는 거지? 언제부터? 응? 그의 걸음은 이곳을 전혀 아랑곳하지 않는 것 같아. 아무것도 없는 길을 걷고 있는 것처럼. 그가 나하고 같은 길을 지나고 있는 게 맞나 싶어. 그와 보폭을 맞추기가 여간 쉽지 않아. 그는 이 길에는 어울리지 않아. 밝은 대낮에 뚫린 어두운 구멍? 그가 걸을 때마다 어둠이 조금씩 새어나와 대낮의 햇살에 흩어지는 것만 같아. 나는 그런 사람이 아니야. 그가 내게도 말했다고 네게 말했다고? 내가 그랬을 리가 없어. 아니야. 그런 사람이. 나는. 나는 잠시 멈추고. 그 사람은 내게서 조금씩 멀어지고 있어. 있는데

갑자기 아이 둘이 나타났어. 이 길 어딘가에서 토해져 나온 것처럼 스윽 느닷없이 내 시야에 들어왔어. 한 아이는 자전거를 타고 있고, 다른 아이는 축구 유니폼을 입고 옆구리에 축구공을 끼고 있어. 자전거를 탄 아이는 마른 몸에 피부가 하얘. 안경도 꼈어. 축구공을 든 아이는 까만 피부에 다부진 몸을 하고 있어. 자전거를 탄 아이는 핸들을 이리저리 돌리며 제 속도를 축구공을 든 아이의 걷는 속도에 맞추려고 애쓰고 있어. 아이들이 나를 지나가. 나는 뒤돌아섰어. 가만히 아이들을 좀 지켜보려고. 아이들은 조금 전에 내가 지나온 빌라 입구에 멈췄어. 자전거를 타던 아이는 자전거를 빌라 주차장 한구석에 뉘어두고 빌라 입구 계단에 앉아. 축구공을 든 아이는 그 앞에서 트래핑 연습을 해. 계단에 앉은 아이는 환한 웃음을 지으며 트래핑을 하는 아이에게 수다스럽게 떠들어대. 트래핑을 하는 아이는 별 대꾸 없이 트래핑에 열중하고 있어. 하얀 아이의 시선은 줄곧 까만 아이의 움직임에서 떠나질 않아. 하얀 아이의 수다는 계속되고 까만 아이는 이따금 웃음을 지을 뿐 시선은 공을 향해 있어. 그러게. 왜 저 아이는 함께 트래핑을 하지 않는 걸까. 왜 저 아이는 친구에게 시선도 주지 않으면서 그 앞에서 트래핑을 하는 걸까. 여전히

그러고 있어. 여전히 나도 한참 동안이나 그들을 보고 있

고. 그런데 왠지 햇살들이 분주해지는 느낌이 들어. 햇살들은 더이상 가지런하지 않고. 아, 이런, 비가. 빗줄기가 한두 방울씩 떨어지고 있어. 길에 점점이 비가 얼룩을 찍고 있어. 얼룩들이 점점 늘어나고 햇살들은 소란스럽게 숨어버렸어. 아이들은 자전거를 챙기고 트래핑을 멈추고 길 저 끝으로 황급히 뛰어가. 통화를 하던 사람은 전화를 귀에 댄 채 터벅터벅 걸어가. 어두운 젖은 등을 보이며 갈림길로 비를 맞으며 사라지고 있어. 어쩌지? 비슷비슷한 주택들의 석재 외벽에 조금씩 빗물이 번지고 있어. 건물들의 표정이 험상궂게 변해가. 너무 멀리 왔나봐. 당연히 우산은 못 챙겼지. 누가 소나기를 짐작이나 했겠어. 이 소리 들려? 비가 엄청나게 쏟아지고 있어. 앞이 잘 보이지 않아. 이미 흠씬 젖어버렸어. 여길 오겠다고? 어디쯤이냐고? 나도 모르겠어. 그저 가지런한 햇살을 따라왔을 뿐이고 비슷비슷한 험상궂은 주택들에 둘러싸여 있을 뿐이고. 지금은 비를 쫄딱 맞고 있을 뿐이고. 이 오래된 산책은

끝나겠지. 그만. 그런데, 그런데 말이야, 너 말이야. 어디냐고 물을 게 아니라 말이야. 언제냐고 물었어야지. 언제냐고 말이야. 서둘러야 할 거야. 이 비가 그치고 나면 내가 아직 있을지 확신할 수 없으니까. 지금 말이야? 그때에 말이야.

거기, 없는

쏘아붙이듯 벽을 향해 누군가 컵을 던졌어 거기
가지런히 쌓여 있던 얼굴들 얼굴들이야 다시 이어
붙일 수 있겠지만 컵은 어쩌지 지나온 거리의 불빛들
집안까지 흘러왔어 흘러 흘러 몸안에서 출렁거렸어
불빛들마다 누군가가 하나씩은 서성이고 있었는데
몸은 컵이 아니야 내가 말하자 그중 누군가 나를
쏘아보았어 휘황하게 빛날 거란 생각은 버려 몸은
언젠가 던져져버릴 운명이야 이내 깨져버릴 테지 몸은
얼굴도 이름도 없이 조각난 살점들 살점들엔 나방떼
몰려들겠지 나방떼에 뒤덮이듯 사그라드는 불빛들
누군가는 입을 다물고 마치 아무도 없었다는 듯이
집안에 조금씩 채워지는 어둠 추워 누군가 어둠의
물기를 죄다 빨아들이고 있나봐 내가 말하자
점점 더 되직해져가는 어둠의 밀도 딱딱해지지는
않고 하릴없이 무거워져가는 집안 아무리 팔다리
휘저어도 도무지 허우적거려지지 않을 것만 같은 잠
속으로 가라앉기만 가라앉기만 하는 컵 아직
부서질 자리를 찾지 못한 채 느려지는 힘겹게
느려지기만 하는 해도 멈춰지지는 않는 떠, 떠,
떠다니듯이만 잠 속에서 어쩌지 아직 곁에 있었나
누군가는 누군가에게 켜켜이 깃든 누군가인지
말캉한 시간이 누군가에게서 건너오고 누구가에게로
다시는 돌아가지 못할 말들 아니 소리들 아니 녹진하게

흘러내리는 아니 아니 누군가 입으로 들어왔다 입으로
나가는 나방의 냄새 구역질나는 누군가들의 살아보지
않은 어쩌지 벽에게도 컵에게도 물을 수 없어 느닷없는
누군가 이어붙인 얼굴을 뒤집어쓰네 눈도 코도 입도
지우고 누가 누구인지도 모르고 모르는 집 제 무거움
못 이겨 어쩌지 허물어지네 결국 컵은 깨졌을까 잠은
어쩌지 추워 누군가가 아니면 그 누군가도 아닌 누군가
끔찍해 쨍그랑 끔찍한 밤의 행렬 속으로 누군가 어쩌지
어쩌지 휩쓸려가고 던져지지도 못한 채 나 그만 산산이
깨어져버리네 얼굴도 이름도 알아볼 길 없이 흩어지지 못한
어쩌지 어쩌지 어쩌지들만 남아 떠다니네 추워 어쩌지

몇 번의 깜박임

사라지고 싶어?—아니, 쇼윈도에 비친 대낮의 풍경 한가운데 너는 서 있어 너는 미동도 하지 않아 다만 골똘해 너는 쇼윈도의 표면을 결코 벗어나지 않아 우리는 거기서 만나지 네가 쇼윈도 안쪽을 보려 할 때 내가 거기 있어 네가 쇼윈도 안쪽 내 눈동자를 보려 할 때 그러나 거기엔 아무것도 없어 네 골똘함이 거기서 미끄러져 건물들이 네 쪽으로 휘어지고 쇼윈도에 비친 네 배경에서 사람들이 황급히 달아나 건물 외벽 유리에 자꾸 부딪쳐 햇빛이 산산이 깨지고 가로수의 커다란 이파리들을 찢으며 네게로 떨어져내려 면도날 같은 햇빛 조각들 너는 피하지 않고 붙박이로 서 있기만 네 얼굴과 팔에 붉고 가는 선들이 그어지고 이내 방울방울 피가, 쇼윈도 표면에 맺히기 시작해—사라지고 싶었어?—아니, 이웃집 청년이 죽었어 싸구려 저녁들이 남겨졌어 그가 그 모든 저녁들을 모두 방문했으리라고 장담할 수는 없지만 그 저녁들의 삐걱이는 문들에는 하나같이 망설임과 서성임의 흔적들이 새겨져 있어 흐린 눈 속을 떠다녔던 흐린 눈들이 그 저녁들의 현관에 가득해 그의 가족들은 그가 밤에 소속되었다는 사실을 완강히 거부했다고 해 그의 얼굴에 떠오르던 웃음이 사후경직으로 일그러진 뒤였어 어느 평범한 저녁 그가 기꺼이 벌거벗겨진 채 목에 밧줄이 감겨 어둠 속에 매달렸을 때 결코 죽을 의도는 없었다고 밤의 에이전트들이 소문을 퍼뜨리고 다니는 모양이야 모습을 드러낸 적이 없지만 조력자로서 관람객으로서 그들이 그의 평범한 저녁을 기웃거렸을 거라고 모두들 짐작하지 짐작만 모두들 입은 굳게 다물고 결국 그는 사라지는 데 실패하고 말았지 남겨진 저녁들의 기묘하고 요란한 냄새가 내내 가시질 않아—사라지고 싶은 거지?—눈을 감으면 사라지는 척을 할 수가 있어 사라졌다 나타났다 사라졌다 어때? 감쪽같지?—사라지는 중이야?—아니, 오후가 부풀어오르고 어깨까지 자란 마른풀들이 무성하게 흔들리는 벌판을 내가 걸어갈 때 내가 온통 밝기만 한 오후를 향해 멀어질 때 멀어지다가 내가 너를 돌아볼 때 내 머리가 이미 오후에 파먹혀 보이지 않을 때—사라져버렸어?—아니, 아니

3부

희끗으로 그만 사라지지 않으려고

자줏빛 심장에 대고

자줏빛 심장에 대고 자줏빛자줏빛 말하지 하 하지 건너가
지 못하는 가슴 박동하지 못하는 자줏빛자줏빛 어린 어둠
들이 아직 거기 자라고 있는가 자라서 어둠들은 아무렇지
도 않게 자줏빛자줏빛 피부를 이루는가 심장이 자줏빛자줏
빛 알 리 없고 자줏빛은 왜 자줏빛자줏빛 자줏빛인가 심장
은 새여서는 안 되는가 사내에게 자줏빛자줏빛 사내여서는
안 되는가 하고 묻는 것과 같이 좀처럼 비려지지 않는 나는
말하고 말하지 말 말 말 하지 하지만 자줏빛자줏빛 태어나
기만 하는 바람들과 어린 어둠들에 줄을 대고 있는 것이 분
명한 피부들과 자줏빛자줏빛 아직 살고 있다는 무서움과 목
책들 자줏빛자줏빛 토라진 나무들과 마른 겨울 산등성이 자
줏빛 얼어붙은 엄마 맘 마 마 자줏빛자줏빛 심장에 심장에
대고 자줏빛자줏빛 입술을 벌려 오래 오래 오래 오래전 숨
겨둔 오후들과 구더기 들끓는 당신과 당신과 당신과 끝나지
않는 자줏빛자줏빛 당신과 내가 다 알지 못하는 알아도 안
다고 뱉어지지는 않는 어깨들을 꺼 꺼 꺼내려고만 상처 난
맨발로 자줏빛자줏빛 밟고서만 서서만 자줏빛 심장에 대고
대고대고 아이고데고 자줏빛자줏빛

붉은,

붉은, 뱀새끼들의 혓바닥, 이라고 썼다가 지운다 하늘엔
온통 붉은, 소리들, 젱그렁젱그렁, 이라고 쓰는 것도 이미
늦어, 캄캄해질밖에, 붉은, 하나만 남고 산도 물도 나무도
풀도 형체를 잃어, 하냥 캄캄해질밖에, 캄캄하게, 붉은, 은
어디서 풀려 나왔을까, 썼다가 지운 붉은, 의 남은 기억들
혹은 붉은, 에서 살았을지도 모르는 무섭고 차갑게 흘러 흘
러만 가는 하늘, 이려나, 되뇌다 만다 그런 붉은, 쯤에서 노
는 일이 마땅찮아, 붉은, 이제는 붉은, 만뿐인 그것을 어떻
게 지울까, 궁리중이다, 만, 그것은 지워나 질까, 여자 혼자
걸어가는 어느 비탈길 어귀로나, 붉은, 지워나 질까, 지지나
않을까, 노닥노닥, 일없다, 일없이 아무리 불러도 붉은, 너
머에는 가닿지 못하는 목소리, 불긋불긋, 이런 것도 아니고,
그저 붉은, 은 무슨 일로, 여기까지 와서 이렇게나 퍼질러만
앉는가 목이 다 쉬어 붉은, 붉은, 으로만, 오직 붉은, 까지
만, 퍼질러만, 캄캄하게, 뱀새끼처럼, 젱그렁젱그렁, 붉은,

어슴푸레

어슴푸레 어슴푸레로 어슴푸레이기만 어슴푸레 다시 잠
이 깨어 어슴푸레 잠 깨이면 어슴푸레푸레로만 잠인지 아닌
지 생시인지 아닌지 어슴푸레, 어슴은 떼어내고 푸레일 것
만 같이 해가 뜨는지 해가 지는지 잠 깨어보면 어슴, 푸레
가 떨어진 어슴인 것만처럼 여자 돌아오고 어슴어슴, 푸레
어디서 물소리 아득하고 날 흐려지고 까무룩하고 다시 잠들
고 까무룩히 잠 깊어지고 까무룩까무룩 여자 떠나가고 까
마귀떼 하늘 가득 날아 나는데 날 어두워지고 휘적휘적 치
마 퍼드덕이며 날 듯이만 가는데 여자 가서 아주 안 돌아올
것처럼 돌아보지는 전혀 않고 뒷모습으로만 어슴푸레, 어슴
푸레해만 지고 붙들려 손이 나는 손이 붙들려 따라나서지는
아주 못하고 까무룩까무룩 잠만 들고 잠귀신마냥만 까무룩
까무루룩 잠만 깨면 어슴푸레 눈곱 말라붙어 눈 안 떠지고
여자 돌아오는데 영영인지 아닌지 어디서 빨래 소리 흰 빨
래 검어지지 않고 검은 빨래 희어지지는 끝끝내 않고 찰박
찰박 빨래 소리 여자 돌아보는데 찰박찰박찰박, 빛도 없이
찰박찰박찰박찰박, 물소리 빨래 소리 까무룩까무룩 까까무
룩 아무리 몸을 뒤집어도 어슴푸레, 어슴푸레만일 뿐 여자
돌아 돌아보는데 무서 무서 무서운데 앞모습으로만 어슴푸
레, 깨지나 말걸 깨지나 깨지지나 어슴푸레로 말걸 잠인지
생시인지 깨도 깨도 잠속이고 아슴아슴 뒷모습인지 앞모습
인지 무서 무서 무서운데 어슴푸레 자도 자도 자도 생시라
어슴푸레, 어슴푸레로나만 다시 하릴없이 잠에 들고 잠 깊

어 어슴푸레 잠 깊으면 여기인지 거기인지 까무룩 까무까
무룩 여기가 거기인지 그때가 지금인지 어슴푸레, 푸레나푸
레 푸레푸레일러나

희끗,

1

희끗, 당신이 사라진다 길 저편으로 희끗희끗의 희끗 하나만 남기고 희끗 하나만 가지고 남겨진 보이는 희끗에 나는 희끗, 집착하고 당신은 그만 안 보이고 나는 보이기만 희끗, 희끗, 보이다 말다 하던 나는 말다는 아주 버려버리고 보이다만으로 내내 보이기만 희끗,

2

희끗, 걸어서 올라갔지 그 비탈길 희끗, 희끗, 희끗, 모퉁이진 그 비탈길 달빛 무성하고 길섶 너머 숲속 무성하고 깜깜하고 무성하고 희끗, 깨지는 듯 물소리 희끗, 희끗, 끗, 끗, 또렷한데 어둠 저쪽에서부터 희끗, 팔랑거리는 나비인지 희끗, 희끗, 뒤집혀 희번덕거리는 눈빛인지 희끗, 희끗, 희끗, 지금은 안 보이는 당신의 옷자락인지가,

희끗, 희, 희끗, 희끗, 오는데, 희끗, 걸어서, 희끗, 올라갔다는, 희끗, 말은, 생, 희끗, 거짓, 희끗, 말이지, 희끗, 내처 내달음질쳐, 희끗, 올라 올라, 희끗, 갔지, 희끗, 지금은 없는 그 비탈길, 희끗, 희끗, 희끗에 사로잡히지 않으려고, 희끗, 희끗으로 그만 사라지지 않으려고, 희, 끗, 발버둥을 버

둥을 치며, 버둥버둥버둥, 희희희희희, 끗,

3

  희끗 하나가 희끗 하나를 낳아놓는다 그 희끗 하나가 또
희끗 하나를 낳아놓는다 희끗이 희끗을 낳고 희끗은 희끗을
낳고, 낳고 낳고 낳고, 희끗끼리 교접하고 희끗끼리 새끼 치
고 희끗, 멈출 줄을 모르고 끝없이 생겨나는 희끗의 돌연변
이들 보이다 말다 하던 희끗희끗은 이제 없고 당신이 남기
고 간 희끗이 어느 희끗인지 이제 알 수 없는데 당신이 가지
고 간 희끗도 희끗끗희끗끗 그러한지 보이다도 말다도 아니
게 아니게만 끗희끗희끗희 그러한지

4

  나는 희끗거려진다 희끗희끗은 아니고 오직 희끗만 거려
지고 사라진 쪽이 당신인지 나인지 희끗, 확신할 수 없고,
희끗, 그저 희끗, 희끗거리기만, 희끗, 나는,

서러우니, 아프니,

서러우니, 아프니, 따위가 교접하는 꼴을 지켜볼 참이었
는데
서러우니, 는 어느 문장의 교접에서 빠져나와 여기 있나
아프니, 는

서러우니, 에는 어떤 거리들이 몰아쳐와 들러붙는 것이어
서 생으로 떨어져 젖은 이파리 같은 것들 잘은 또 떨어지지
는 않기는 않았기로서니 아프니, 쪽에 살아만 있는 꽃향기
자욱만 하고 지독만 하고 몽롱한 봄날 하늘 갑작스럽게 날
흐리고 스산하고 주어도 없이 여기저기 생겨나는 굴헝들 거
기로 서러우니, 하는 목소리도 아프니, 하는 목소리도 죄 빨
려들어가더란 이야기

매달리는 것은 정작 나였더라는, 서러우니, 따위에 아프
니, 따위에
매달려 바지춤이라도 잡아볼 양으로 꽉 쥔 손 더 꽉 꽉 쥐
어는 쥐었으나
떨려나더라는 그만 떨려나 바닥에 나동그라져 서러우니,
중얼중얼
아프니, 중얼중얼 어느 문장의 교접에도 들지 못하고 숫
제 까무러나 치더라는

문장은 완성되지 않고 나는 그 문장의 바깥으로만 서러우

니, 아프니, 로다만

　바깥은 아리고 아리더라는 서러우니, 아프니, 따위이게만
　서러우니, 아프니, 바깥도 나도 당신도 완성되지는 결코
않고,

꽃꿈

꽃이나 꽃,
꽃꽃꽃거리기나 꽃, 찬데,
꽃으로 꽃이 꽃이 꽃이게 꽃,
허어 꽃, 에잇 꽃,
속엣꽃, 속에 속에 꽃꽃,
밖엣꽃, 밖에 밖에 밖에 꽃,
꽃, 또 꽃꽃,
꼬오옷 꼬오옷 늙어서
늙어서야 늙늙늙으로
자꾸 늙어서야만 여자
제 꽃 걷어
제 꽃 벌려
제 꽃 비치다
꼬오옷 꼬오옷 늙어서
늙어 늙어서 늙늙늙 꽃에 꽃에서
꽃만만이만 되어 꽃꽃꽃만이나
먼길 가 먼 자꾸 꽃 가
꽃이게 꽃이나이게
꿈 아니고 꽃 산 꿈 아니고
죽은 꿈 아니고 꽃,
꽃만 꽃꽃꽃 꾸었더라는 꽃,
꼬오오옷, 꽃,
꽃이나 꽃,

모두가 다 꽃, 꽃만인
꽃꽃뿐이누나이게,
꽃으로, 꼬꼬꼬꼬꽃
꽃꽃으로만, 찬데,
에구, 츠로만, 어허이,
츠로, 츠로서나만,

천사는 어떻게

천사는 어떻게 우는가 살았는지
죽었는지 우리가 쏟아진 얼굴을
미처 쓸어담지 못하고 우물만
쭈물만 거려 거리고 있을 때
금간 담벼락에나 우리의 심장이
가까스로 숨어만 들어 들고 숨이
숨이 수숨이 헐떡 헐헐떡 헐떡만
대는 개의 혓바닥에서처럼 토해져
나올 때 뜨거울 때 뜨거워도
마지막 표정은 기억나지 않고
마지막 눈빛이 마지막 발음이
마지막 목소리가 마지막 풍경이
마지막 당신이 발 없는 바람이
무수히 발자국을 찍어 바람의 행방
도무지 알 수 없고 주름도 없이
구름은 마지막 짠 먼지들을 끌어
올리는데 기억은 나지도 전혀 않고
마지막이라고 말할 때 마지막
입술의 녹청이 이마의 서늘함과
눈꺼풀의 떨림이 온전한 얼굴도 없이
헤아릴 수 없는 저녁의 모든 모음들
죄 관절이 꺾이는데 허여 허옇게만
그만 흐너지고 흩어만 지고 모음들

골목의 어느 창문에도 입김조차
불지 못하는데 아직 다 쏟아지지 않은
얼굴 간신히 손으로 가린 채 죽었는지
살았는지 천사는 천사 천사 천천사는
어떻게 우는가 어떻게, 살아, 나나

장마

너희들은 죽었다 우산도 없이 이상하게도
비를 맞고 철벅철벅 걸어가는 너희들은

날 어둡고 비 쏟아지고 빗소리 포악하고
몸에 들러붙어 잘 벗겨지지 않는 옷 속에서
너희들은 그만 죽고 죽어 새파랗게 웃고

맑은 날 숲으로 떠난 아이들이
산딸기에나 저희 손과 입을 붉게 더럽힐 때
그 붉음이 아이들을 길 잃게 할 줄은 영영 모를 때

걸어오지 말아라
팔 흐느적거리며 저는 다리로 뒤뚱거리며
나에게로 번개처럼은 천둥처럼은

한 번도 살아보지 못한 삶
한 번도 죽어보지 못한 죽음

뜨거운 살을 뚫고 김 오르고
인간도 짐승도 아닌 소리들
모락모락 피어나 흩어지는데
걸어오지 말아라
산 적도 죽은 적도 없는 나에게로는

미안하지만 너희들은 죽었다 살았다고 우기며
꾸역꾸역 내가 여기서 온종일 비를 맞아도

빛, 재, 빈

빈 터, 재 재 재 재재재 잿빛,
빈 때, 재 재재재재 재 잿빛,
있어본 적 없는 살아본 적 없는
거기, 그때, 잿빛, 흐려,
흐흐흐 흐흐흐흐흐흐 흐려,
바람인지 먼지인지 흐흐흐 흐흐,

빈 춤, 재잿빛, 아이를 게워내고
아이를 게워내고, 흐흐흐도로나
빈 몸, 재애애애앳빛, 빛, 빛, 빛,
있어본 적만 있는 것도 같이, 살아
살아 살아본 적만 있는 것도 같이,
같이, 같이만 같은, 아이를 게워내고
아이를, 소년인지 소녀인지, 게워내고, 빈,

빈 울음, 비어만, 살아만, 있어만,
본 적만 있는 것만, 살아 있어만,
같은, 같이나 같은, 잿빛, 스러,
스스 스스스 스으으으스스 스러
지는, 빈, 아이를 게워내고,
비이인, 재재재 재 재재재재 잿빛, 빛,
빈 눈, 흐흐 흐으흐으흐으 흩어져,

빈 터, 빈 때, 안 잊히는,
생각난 적도 없는 것 같이만,
나였다는, 너였다는, 스스스도로나
빈 말, 나타났다가 사라지는,
없어졌다가 있어지는, 있어만 지는,
아이를 게워내고 아이를,

빈, 비어서 영영, 거기, 그때,
잿빛, 재잿빛, 빛, 빈,

노래, 없는

　들어가 어두워지네 뒤집히네 가느다랗고 가느다랗기만
하릴없네 하찮지는 가엾지는 말고 말려 말려서 굴러 굴러서
까무러치네 무참하네 참을 수 없고 없는데 쳐다만 치받지는
못하고 아스라한데 어쩌한가 뒤집히면 뒤집히다 아스라하
면 눕다 눕다가 눕고 보면 파란데 무참하네 까무러치다 떠
오르고 떠오르다 까무러치면 보았던가 보았음직은 했더란
말인가 들기만 들어 들어가기만 어두워 어두워만 어두워도
어둡기만 뒤집히고 뒤집힐망정 나지는 못하고 말려 말리기
만 구르 구르기만 없네 없고만 없기만 없네 파란데 어쩌한
가 아뜩한데 무참하고

4부

너를 껴안는 어둠의 형질에 대해

검은 숲

어미를 먹고 나는 검어지네
나는 나라는 부피를 잃고
검음만 남아 나만큼만 도려낸
세상의 바탕만 됐으면 같아서
어미는 없네 나도 없고 입도
똥구멍도 없네 있는 것은
검음뿐 밤인 것도 같으나
별 하나 뜨지 않고 어둠은
더더욱 아니어서 지금도
아니고 여기도 아니고 영원히
어미의 이름도 내 이름도 없네
우적우적 어미를 먹는다는 것
검어만 지는 일이란 걸 왜
진작 알아채지 못했을까
우적우적 내가 먹혔더라면
검음 아니고 무엇이었을까
하양 아니면 늦봄 만발한
색색으로 꽃밭이나였으려나
천 번쯤 노을로나 불탔으려나
혹은 삶 혹은 죽음 혹은 혹은
사라지진 못하고 검어진 내가
여태 못 가본 거리로만 가네
가서 거뭇거뭇거뭇 날리네 아직

있은 적도 없다는 어미를 먹고

언제나 그곳에서

그들은 박쥐를 본다

박쥐박쥐박쥐박쥐 되뇌다보면
힘겹고 재빠른 날갯짓소리가
들려요 철거덕 문갑 소리 오래
전에 사라진 집의 낡은 박쥐
경첩의 날갯짓소리 녹은 안
슬었나 몰라 박쥐박쥐박쥐박쥐
써놓고 보면 사라진 집의 처마
밑으로 저녁이면 쏟아져나오던
박쥐떼가 보여요 푸르스름한
저녁 하늘 마당을 뒤덮던 시
커먼 것들 그을음들 어둠의
거스러미 같은 것들 박쥐박쥐
박쥐박쥐 그것들은 어떤 시간을
날아서 여기로 오나 여기로 와
우리집 현관 격자무늬로 박히나
박쥐박쥐박쥐박쥐 같은 것이사
본 적도 없는데요 나가는 박쥐
떼였는지 돌아오는 참새떼였는지
그런 것이사 분명치도 치도 않은
데요 흩어진 그것들이 처마밑으로
다시 날아 기어드는 것이사 낡은

문갑의 박쥐 경첩이 헐겁게만 새끼
치는 것이사 본 적도 없는데요 없고
마는데요 박쥐박쥐박쥐박쥐하기만 왜
하나 하면 밤은 진해지기만 하나 왜

박쥐가 그들을 본다

윤슬

눈이 자꾸 깜박거려진다—얼굴들이 있어—내가 안 돌아온다 천장 벽지를 뚫고 나올 듯 꿀렁거리는 얼굴들—목소리만 가까스로 여기 도착하고 너는 내 눈꺼풀을 열고—눈동자나 입속은 보이지 않아도 소리가 나지 않아도 얼굴들은 나를 향해—테이블 위의 음식은 식고—울부짖는 것 같아 눈 부라리는 것 같아—너무 멀리 갔어 너는 어디쯤부터 나를 잊은 거니 네가 묻고—힐끔 보다가 고개를 돌리면 얼굴들은 다시 낡은 여인숙의 더러운 천장 얼룩인 것처럼 아무렇지도 않게—네가 내 눈 속을 헤집고 밤 깊어가고—그는
우리에게 들킨다—냉골 바닥엔 빼곡히 시체처럼 널브러진 몸뚱이들 아무도 깨지 않고 나 혼자 숨을 고르며 몸뚱이들 사이 낀 몸을 버둥거리며 깨어 있어—꼬물꼬물 벌레처럼 몸을 뒤집는 그는 사력을 다해 벗어나려 해 벗어나려는 것 같다 알 수 없다 그는 단지 희미하고—골목은 비좁았지 가로등이 조그만 소리로 수군거리며 골목에 자꾸 모퉁이를 만들었어—선명하지 않고 그는 들킨다 그의 움직임만이 감지될 뿐이지만 그가 거기 있다는 사실 그가 거기 다만 꿈틀거리고 있다는 사실—모퉁이 때문에 골목은 휘청거리고 모퉁이를 휘감고 어둠은 끈적끈적 우리의 발길을 잡아 끌었지—그가 겨우 몸을 뒤집어 반대편 몸뚱이를 향해 돌아눕는다는 사실—골목에서 골목으로 술집에서 여인숙으로—내가
안 돌아온다 눈이 자꾸 깜박거려진다—우리는 어느 시간

에 빛인가 그림자인가 우리의 구성 성분에 대하여 그는 말
하지—목소리 가까스로—못한다 말해야 했는지 모른다 그
가 살아갈 무수한 날들로부터—도착하고—우리가 왔다는
것을 하여 아무런 운명도 점쳐지지 못한다는 것을— 언제
쯤에서 너는 길 잃은 걸까 너는 혼잣말을 하고—너는 다시
이곳에 찾아올 거야 너는 맞고 갇히고 아무도 없는 낯선 거
리에 버려질 거야 그때부터 그 거리에서 너는 수많은 주검
들을 목격할 거야 공포가 너를 압도할 거야 공포가 너의 입
과 코와 귀 온몸의 구멍들로 침범해올 거야—목소리는 네
귀에 닿지 못한다—공포가 네 속에 포자를 퍼뜨리고 공포
를 나눈 누군가와 친구하겠지 네가 좀전에 빠져나온 골목의
모퉁이를 돌아 모퉁이를 돌아 모퉁이를 돌아 가로등도 없
는 골목의 끝에서

　찬술을—음정을 찾을 수 없는 노래처럼 발음되지 않는 소
리처럼 겁에 질린 어린 짐승처럼—여인숙 쪽창으로 그가
빠져나온 바깥의 불빛 날카롭게 비집고 들어오고—내 눈
동자는 점점 빛을 잃는다 점점 너는 어둠에 휩싸이고—우
리는 말해야 했을까 하지만 어떻게 우리는 말할 수 있었을
까—그의 눈은 도려내지고—얼굴들이 있어 말하려 하지만
끝내 숨소리조차 내지 못하는—너를 껴안는 어둠의 형질에
대해 나 물어볼 수 없고 내가 안 돌아온다 내 행방 끝내 묘연
하고 어느 골목쯤에선 모퉁이마다 내가 발견된다 해도—더
러운 여인숙 천장으로나 숨어든 우리가—몸을 부르르 떨며

— 그는 제 앞쪽에 놓인 몸뚱이를 더듬기 시작해 머리부터 발끝까지 샅샅이 손끝에 입력이라도 하듯 그러다 울지—너는 나를 찾아서 더 깊이 내 눈 속으로 빨려들 듯이—그러다 웃고 웃음은 마침내—너는 실종된다 내가 안 돌아온다 음식은 식고—그의 가팔라지는 숨소리에 묻히고 그러다 들키지 영영 그가 더듬던 몸뚱이는 기어이 깨어나지 않아—음식에 곰팡이 피고 접시는 깨지고 실내는 낡아가고 재빠르게 어둠은 부패하고

　눈의—깜박거림은—멈춰—지지—않—고

불귀

그의 머리가 떨구어졌다. 머리는 목에 가까스로 매달려 있는 것도 같았는데, 간밤에 누군가 그의 목뼈 하나를 빼가기라도 한 듯이 머리와 목이 통제되지 않는 탄성으로 흔들거렸다. 그나저나 내 아래는 어디로 사라졌는가. 그의 목소리가 덜렁거리는 머리에 거꾸로 붙은 입에서 나지막이 흘러나왔다. 나의 아래는 어디로……나의 아래는 어디……인가. 그는 나무에 묶인 채였다. 나무에 접붙여진 것처럼 나무와 하나인 듯도 하지만, 나무가 아니라는 사실이 그를 더욱 도드라지게 했다. 가늘게 이제는 흔들리는 목은 나무의 부러진 가지처럼 위태로웠다. 위는 자꾸 왜 아래를 찾는 것인가. 왜 아래밖에는 위는 보지 못하는가. 보이지도 않는 아래밖에는…… 그의 눈이 떠져 있는지는 확인할 수 없었지만, 바람이 불었다면, 설핏, 그의 목소리를 바람소리로 착각했을지도 모른다. 하긴, 그의 머리와 몸이 따로따로 흔들거렸으므로 바람이 불지 않았다고도 단언할 수는 없었지만, 나는 그만, 그의 아래를 내 아래에 바꿔 달았다. 내 아래는 그가 눈을 떠도 눈을 감아도 결코 볼 수 없는, 그가 묶여 있는 나무 반대쪽에 정자세로 세워두었다. 나무는 푸르러질 것이다. 내 아래에서 뿌리가 자라듯이 아래 없이 그의 머리에서도 싹이 날지 모르고, 미리 계절의 냄새가 맡아졌다. 내가 그를 버렸다. 내가, 나무를.

곡우라는

　곡우라는 말. 이상한 말. 본래는 별 이상할 것도 없다가 어
느 날 별안간 이상해져버린 말. 이상한. 상한. 말. 본뜻과 헤
어져버려 본뜻이 무엇인지 떠올려지지도 않게시리. 떠올려
봤댔자 이미 모르게만 되어버린. 해서시리 상했대도. 냄새
지독하대도. 조금도 이상할 것 없이. 상한. 이상한. 상해서.
머리를 떠나지 않는 말. 머리를. 떠나지. 않는. 까마귀 소리.

　어디엔가 안 있었겠는가. 필경 곡우를 아는 자와 곡우를
모르는 자의 다툼 같은 것. 까마귀 소리. 그러다가 오뉴월
한낮 곡우를 아는 자가 땀을 뻘뻘 흘리며 얼굴 울그락불그
락 숨을 씩씩거리며 그만 물러서고 만 것 아니겠는가. 곡,
할 때 목구멍 깊은 곳에서 뻑뻑한 어둠 한 덩이 끌어올려져
턱 하고 그 목 막히고 마는. 까마귀 소리. 마을을 통째로 뱉
을 듯한 소리로 가래를 끌어올리던 무식하기도 짝이 없는
영감탱이 같은. 그런 따위를 일삼는 것이 곡우를 아는 자일
리는 절대 없지 않겠는가 안. 까마귀 소리.

　모를 때. 비로소 우, 하면 입술을 가벼이 떠나는. 찐득찐득
한 가래를 한 주먹이나 뱉어놓고 그 가래 뱉은 자리에 또 마
을 통째로나 삼키듯 봉초 담배의 독한 연기나 빨아들였다가
채워넣었다가 다시금 갸르릉거리면서도 목구멍을 긁어내면
서도 종내는 되올려 뿜어내고 마는 영감탱이의 어두울 것이
분명한 수수수숨에 섞여서 풀풀 연기처럼이나 갈라지고

100

터진 입술 틈으로 비어져나와선 돌아보며 돌아보며 돌아보 ──
면서도 하얗게 가벼이 떠나는. 말. 곡우라는. 까마귀 소리.

상엿소리 높았던가. 그날. 곡소리 흥건했던가. 곡기를 끊
고 기어이 영감탱이 떠나던 날. 곡우 전이던가. 곡우 후이던
가. 비가 왔던가. 땅에 쩍쩍 금이 갔던가. 까마귀 날았던가.
울었던가. 음산했던가. 맴돌았던가. 흩어졌던가. 남았던가.
사라졌던가. 떠돌았던가. 도착했던가. 그 형용이 끔찍했던
가. 알아보기는 힘들었던가. 추깃물만 남았던가. 남았다가
는 다시 떠났던가. 다시. 떠나는. 다시. 이상한. 말. 도대체.
떠나지지. 않는. 상한. 말. 곡우라는.

냄새 또한 지독할 것 같은. 상한. 영감탱이는. 갑자기 어
디서 튀어나왔는지. 쓸데라곤 전혀 없이. 곡우라는 말만 무
슨 밤중 나뭇가지에 걸린 허연 상여 쪼가리처럼 남아 부스
럭거리고 이따금 바람에 날리고 한데도 머리를 떠나지는 결
코 않는. 하 그래놓고도. 징글징글. 마을을. 그래놓고도. 고
오구고오구. 말. 까마귀 소리. 곡우라는.

해서. 시방. 이상한. 상한. 말. 말하는. 나는. 느닷없이. 누
구인지 모르고. 모르겠고. 끝까지. 모르게 되어버리더라는.
주저리주저리. 꼭은 곡우가 아니어도 될 말을 붙들고 꼭은
아니어도 될 영감탱이를 끌어들여서 꼭은 아니어도 될 내

― 가. 있지도 않은 까마귀 소리로나 귓속을 가득 채우고는. 지
껄이고 있냐는 것인데.

　떠나지는 않고 있냐는 것인데. 영감탱이도. 나도. 곡우도.
못하고 있냐는 것인데. 자꾸 오고만 있냐는. 생기기만 생기
고 있어버리냐는. 것인데. 징글징글. 고오구고오구. 말인즉
슨. 곡우라는.

―

미처 다물지 못한

1

좁다란 방. 이라고 말하기. 오후의 빛 무더기 한가득
낡은 창문의 살들을 통과해 들어오는 좁다란 방.
이라고. 빛들이 어지럽게 쌓여 있는 책들 사이로
스멀스멀 숨어들어가는. 이라고. 빛이 숨어들다
들다 책들이 자꾸 소화되지 못한 더러운 빛을 토해.
놓는. 이라고는. 그래도. 야야. 야야. 하는 소리 느닷
없이. 있기. 있어버리기. 라고 말하기. 시간은. 이라고.
시간은. 시간은. 있다. 라고. 아직. 시간은 있어. 있지.
있다마다. 있고말고. 있다니까는. 시간은. 이라고.
말하도록 하기. 로 있기. 있기만 있기. 아직. 야야.
아직. 시간은. 이라는 말은 모른 체하기. 로 있기.
라고 말하기. 로 있어만. 있기. 좁다란 방. 이라고만
말하기. 로만 있기. 로만 없기. 라고는 말하지 않기.

2

사그라드는 불. 사그라 사그라. 드는. 짚불.
새까맣게 탄 짚더미 속에서 가쁜 숨을
발갛게 겨우 몰아쉬는 불과 함께. 사그라 사그라.
드는. 좁다란 방. 귀퉁이부터 겨웁게도 날름날름

핥아대는 조그만 조그만 불의 혓바닥. 사이사이로
야야. 책들이 토해놓은. 사그락 사그락. 드는.
햇빛. 그을리고. 더러운. 연기 피어나고. 그을그을.
재로 변해가는. 시간. 소화되지 못한. 시간이. 불.
짚불. 바람이라도 한줄기 불면. 아직. 꺼져버릴지.
아직. 풀풀 날릴지. 꺼지다가 되살아날지. 있다마다.
꺼지다가 되살아나다가 다시 죽어버릴지. 오후. 시간이.
사그락 사그락. 까맣게 오그라. 드는. 들어. 더 좁다래진.
야야. 좁다란. 좁. 다란. 가뿐. 방. 불. 이라고 말하려다.
로만 있기. 라고 말하기. 로만 없기. 없기로서니. 없기.

3

짚불 사그라들고 마침내 들판 생겨나고 이내 어두워지
기 위해
　잔광들 지평선까지 몰려가고 제 그늘을 키우는 풍경들 생
겨나고
　커지고 그늘 커지다 풍경의 경계를 지우고 땅거미 생겨
나고
　생겨나고가 생겨나고 생겨나고가 들끓어 들끓음 속에서
여자
　생겨나고 어렴풋한 색깔들 생겨나고 여자의 눈빛 지평선

104

너머까지

가서 안 돌아오는데 안 돌아와 여자 흩어지는데가 생겨
나고 왜

생겨나서 흩어져버리는지 거기서는 여자 알 리 없고 여
기서도

알 리 없는데 여자 흩어버릴 말들만 무수히 생겨나고 여
자의

겨우 색깔인 것들이 뭉그러진다
뭉그러져 흔들린다 흔들리며 자디잔 무늬를
이루고 무늬들 날린다 어스름에 길게
날리다 사라져간다 시나브로
여자를 여자이게 하던 여자의 경계에
마지막까지 머뭇거리던 미세한 빛 알갱이들
스며들고 그늘뿐인 풍경에 섞이고 어두워져

가는 들판은 들판을 지우고 여자는 들판이 되고 지우고
같은

말들 생겨나고 생겨나자마자 사라지고 여자의 눈 코 입
흐려지고

갑자기 툭 생겨나온 거기 때문에 생겨난 여기에 짚불처
럼 사그라져

가는 여자 생겨나고 나자마자 기우는 잔광과 함께 좁다

란 방과

함께 지평선 너머로 주름이 기어다니는 여자의 찬 이마 같은

찬 이마를 짚은 손 같은 말들도 흩어져버리고 희미한 지평선도

사라져 어둠만이었으나 온통 사라짐 들끓어 어둠도 사라져버려버리고

4

좁다란 방. 이라고 말하기. 라고 나는 쓰고 있다. 라고 말하기.

오후의 빛 무더기 한가득 낡은 창문의 살들을 통과해 들어오는

좁다란 방. 이라고. 빛들이. 라고 나는 쓰고 있다. 라고 말하기.

계속 주저리주저리. 더 난삽하게. 쓰고 있다. 더 더 더. 라고 말하지

않기. 더 파편적으로 더 알아먹지 못하게. 나는 쓰고 있다. 라고는.

여자는 결국 누군가의 홍채에 맺힌 잔상. 이라고 쓰려다 지우기.

주저리주저리 계속. 있어. 있지. 있다마다. 있고말고. 있
다니까

는. 이라고 나는 쓰고 있다. 라고 말하기. 쓰다가 자다 다
시 쓰고

있다. 라고 말하기. 쓰다가 울다 다시 쓰고 있다. 라고 말
할까 말까.

라고 말하지 않기. 말하는 자를 말하게 쓰고 있다. 라고
나 말하기.

사그라드는 불. 이라고 쓰고 있다. 고 말하기. 라고 쓰자
야금야금

이 페이지가 타들어간다. 라고 쓰고 있다. 라고 말하기.
사그라

들지는 않는 불이. 라고 말하기. 아니. 쓰고 있다. 라고
말하기.

좁다란 방에 불줄기. 라고 쓰고. 말하고. 있다. 휘감고.
라고.

말. 하기. 온통 집어삼킬 듯 화염. 이. 라고. 말. 뜨. 하.
거. 기.

까맣게 오그라. 드는. 들어. 더 좁다래진. 야야. 좁다란.
좁. 다란.

가뿐. 쓰. 말. 뜨. 있. 없. 새까매진. 쓰고. 말하지. 못. 나
는. 없. 없.

5

불탄 페이지.
좁다란 방.

타오르듯이는.
여자.
사그라들 듯이도.

눈빛 도착하고.
나는.
없고.
좁다란 방도.
라고 말하는.
목소리만.

얼크러설크러.
눈빛과 목소리.
만.
떠다.
니며.
없이.
만.

크러크러.
크크러.
러러.
거리.
고만.

있고.
없고.

윤슬

당신은 기다리고 있군요.—반짝이고 있어요.—회피하고
있습니까?—반짝임 속에 있어요.—물비늘이 돋는군요. 이
제 곧 어둠이 오겠군요.—반짝임은 위태롭네요.—당신은
어둠을 기다립니까?—아니요, 여기 반짝이는 시간에 머물
고 싶어요. 반과 짝 사이에 어느 것이 빛나는 쪽이고 어느
것이 어두운 쪽인가요?—곧 모두 어둠이 될 겁니다.—나는
다만 여기 이 시간의 어두운 쪽에 있고 싶어요. 빛과 어둠이
끝없이 몸을 바꾸는 이곳. 끝없이 어두운 쪽으로만 몸을 옮
기며.—당신은 기다립니까?—나는 분주하고. 지연시키고
있어요.—기다림이 끝났습니까?—반과 짝 사이가 한없이
길어지면 좋겠어요. 어두운 쪽으로 몸을 옮겨다니기엔 사
이가 너무 짧아요.—초조하군요?—반짝이고 있어요.—어
두운 쪽은 반짝임 안입니까, 반짝임 바깥입니까?—한 사람
이 죽음을 맞이하려 하고 있어요.—그 사람은 죽음을 기다
립니까?—그 사람은 아무것도 기다리지 않아요.—확신합
니까?—그 사람이 그렇게 말했어요.—기다림은 언제나 아
무 것도 기다립니다.—이 물가를 떠나고 싶지 않아요.—왜
당신입니까?—의사가 말했어요. 곧 죽음이 찾아올 것입니
다. 대기하세요.—왜 기다립니까?—내겐 선택권이 없어요.
의사는 내게 선택하라고 했죠. 그 사람의 목숨을 연명할지
말지.—당신은 선택했나요?—내겐 선택권이 없어요.—당
신이 연명을 선택하지 않은 건 확실하군요.—다른 쪽을 선
택했더라도 나는 대기했을 거예요.—그랬다면 아무것도 기

다리지 않는 시간이 그 사람 안에서 연명했겠습니다?—죽음만이 기다림을 끝낼 수 있어요.—누가 기다립니까?—그 사람은 아닙니다.—죽음은 당신에게 오지 않습니다.—죽음은 그 사람을 끝낼 겁니다.—죽음이 기다림의 의지가 없는 사람의 기다림을 끝낼 수 있습니까?—나는 이 물가를 떠나고 싶지 않아요.—죽음이 당신에게 오지 않아도 당신의 기다림은 끝납니까?—눈이 부시군요.—밤이 당신의 눈을 덮칠 겁니다.—반과 짝 사이 반짝과 반짝 사이 거기 있고 싶을 뿐.—사라지고 싶은 겁니까?—반짝임 속에서 다만 내가 보이지 않고 싶을 뿐.—사라지진 못합니까?—내겐 선택권이 없어요.

***

당신은 기다리고 있군요.—양손에 짐을 들고 공중전화 부스 앞에 붙박이로 서서.—지루하진 않은가요. 얼굴이 일그러져 있군요.—나한텐 기다림밖엔 남지 않은 것 같아요.—그는 오지 않습니까?—적어도 여섯 시간 동안은.—왜 여섯 시간입니까?—몰라요. 왜 여섯 시간인지는.—그럼 한 시간이어도 상관없고 일 분이어도 상관없지 않습니까?—이건 실제니까요. 이건 내가 임의로 바꿀 수는 없어요.—당신은 과거입니까?—현재입니다. 여섯 시간 안에서.—여섯 시간은 여섯 시간이어야 하는군요. 하지만.—나는 여섯 시간

동안만 기다립니다. 여섯 시간 동안만은 여섯 시간 동안 끝
나지 않아요. 여섯 시간 동안 안에 갇혀서 영원히 기다림
을 반복하는 것만 같이.—기다리는 그는 왜 오지 않습니
까?—모릅니다. 알아도.—그가 다른 사람과 있다는 사실을
모른다는 겁니까?—모를 겁니다. 알아도.—그가 다른 사람
과 육체를 맞대고 있다는 사실을 모른 척하는 겁니까?—모
른다는 것도 내 의지는 아닙니다. 그저 여섯 시간 동안 그
가 없음을 견디고 있는 겁니다. 그가 여기 없다는 사실만을
나는 알 겁니다. 여기 이 시간 바깥에서 일어나는 일은 나
는 몰라요. 아직. 줄곧 아직이기만 할 겁니다.—그가 다른
사람과 육체를 맞대고 있는 동안 당신을 잊었습니까?—영
원히 그를 알 길은 내게 주어지지 않아요. 알아도.—그에게
육체만 남은 시간은 여섯 시간인가요?—모릅니다. 내 여섯
시간만 놓여 있어요. 공중전화 부스 앞이며. 그에게 닿지 않
아요. 사람들은 지나가고. 나는 양손이 무거워요. 무겁다는
느낌만 있지 내 양손에 무엇이 들렸는지는 잊었어요.—그
가 마침내 오겠습니까?—그런 생각이 지워집니다. 기다리
는 이유가 희미해지고 그의 얼굴이 희미해지고.—그와 당
신은 어떤 관계입니까?—몰라요. 모르게 되었어요. 모를
거예요. 그것만은 확실히 알 수 있어요.—그는 당신의 아
들입니까?—몰라요. 나는 엄마인가요? 아빠인가요?—당신
의 얼굴이 벌겋게 달아오르고 있습니다. 오전의 햇빛이 오
후의 햇빛으로 바뀌는 동안 얼굴은 흘러내리고.—내 얼굴

도 기억나지 않아요. 당신은 여기 있나요? 여기 이 여섯 시
간 동안?—내겐 질문만 있습니다. 내 대답은 당신에게만은
가지 못합니다.—당신은 오고 있나요?—나는 오지 않습니
다. 여섯 시간 동안. 끝내 오지 않는 자입니다.—당신이 어
쩌면 그인지 모르겠군요. 언젠가는 올 건가요?—아니요. 나
는 가지 못합니다. 당신은 없거든요. 이미. 처음부터 이미
인 채.—여섯 시간만 남겠군요.—여섯 시간만. 내가 끝내
없더라도.—그러니까 당신은 기다리고 있군요.—내가 기다
리는 사람에게 영영 없었다는 사실과 나를 기다리는 사람
이 영영 없다는 사실.—기다리다니.—나는 여섯 시간에 감
염되었습니다.—여섯 시간 속엔 당신이 있나요?—여섯 시
간 이후에 당신은 있습니까?—결국 승리할 겁니다. 기다림
만이.—기다립니다.

***

　당신은 기다리고 있군요.—나는 기다리고 있지 않아
요.—잊어버렸습니까?—잊은 적도 없어요.—잊었다는 것
도 잊었군요.—기다리고 있었다는 사실을 잊었다면 나는 기
다린 것도, 잊은 것도 아니네요.—그가 왔습니까?—왔었어
요.—그가 와서 당신의 기다림은 끝이 났습니까?—나는 그
를 기다리지 않았어요.—왜 왔습니까, 그는? 당신이 기다
리지도 않았는데.—몰라요. 나는 그를 신랑이라고 불렀어

요.—당신은 신랑을 기다렸습니까?—나는 아무도 기다리지 않았어요.—왜 그를 신랑이라고 지칭했습니까?—내겐 아무도 없으니까요. 그런 느낌이었어요. 신랑 말고는.—그가 당신의 신랑 모습을 하고 있었습니까?—기다리지 않아서 얼굴을 간절하게 떠올리긴 힘들군요.—신랑 같았군요.—그는 내게 엄마라고 부르더군요.—그를 낳았습니까?—나는 아무도 낳지 않았어요.—아무도 낳지 않았다는 것을 기억하는 겁니까?—낳지 않았다는 것을 기억하는 것은 아니에요. 잊지 않은 것뿐이지요. 나는 잊지 않아요.—당신은 과거가 없습니까? 잊지 않은 것은 과거가 아닙니까?—그것은 현재일 뿐이지요.—왜 당신의 현재는 내 현재에서 먼 것입니까?—당신의 현재는 어디인가요? ……여하튼 과거는 아니에요.—느낌이 꼭 과거와 연루되는 것은 아닙니다.—느낌은 그럼 미래인가요?—어쨌거나 아무도 낳지 않았다는 사실을 기억하지 않은 게 아니라 잊지 않은 거라고 말하고 있습니다.—맞아요. 아, 맞아요, 그가 슬픈 표정을 짓더군요. 그러자 순식간에 신랑이 사라졌어요.—신랑이 잊혀졌습니까?—아니요. 신랑이 없어진 자리에 그가 나타났어요.—그렇게 불쑥, 어디로부터 그는 나타납니까?—나타남 이전에 그가 어디 있었는지 알 수 없어요. 불쑥은, 모르기 때문에 불쑥이겠지요. ……그가 내 밑을 닦아줬다더라고 요양보호사가 말해줬어요.—그건 요양보호사의 기억입니까?—아니요, 요양보호사는 전해들은 얘길 내게 전할 뿐이었죠.—당신의 기억일지 모르겠군요. 당황했습니까?—느낌이 남아 있지 않아요. 내 기억일 리 없어요.—그가 당혹스러워했나요?—당혹은 이미 지나간 듯 보이더군요.—그걸 어떻게 압니까?—그의 표정이 당혹 이후의 표정 같았어요.—그는 슬퍼합니까?—아마도…… 그가 신랑이 아니어서?—슬픈가요?—아니요. 예감은 있어요.—예감은 슬픔과 관계하나요?—몰라요. 하지만…… 눈이 푸지게 내리는 날이 떠올라요. 눈이 너무 많이 내려 무궁화 울타리가 쓰러질 듯 하얀. 무궁화 울타리인 줄도 모르게. 길은 지워지고. 날 어둡고. 그런 무서운 오후.—왜 무섭다고 표현합니까?—그냥 그럴 것 같은 예감.—내 어머니에게서 들은 기억이 납니다.—당신 어머니의 기억인가요?—확실치 않습니다.—내 몸에서 무엇이 빠져나갈 것만 같은 날씨. ……그날 당신은 당신 어머니의 몸을 빠져나왔나요?—확실치 않습니다. 중요한 것은 내가 어머니의 미래를 탯줄처럼 달고 여기로 내쫓겼다는 것입니다.—중요한 것은 아무것도 없어요. 예감 속에서 나는 누군가를 낳을까요?—확실치 않습니다.—그럼 그는 신랑일 수도 있겠군요.—확실치 않습니다. 내 어머니에게로 어머니로서의 시간이 돌아오지 않는다는 사실만이 지금 여기서 유일하게 확실합니다만.—유일하게 당신은 잊혀졌나요?—확실치 않습니다.—당신은 왜 내게 거짓말을 하고 있는 거죠?—확실치 않습니다.—그는 누구인가요?—확실치 않습니다.

***

　내겐 선택권이 없어요. 의사로부터 곧 소식이 올 거예
요.─의사의 소식은 지연되는군요.─나는 이 물가를 떠나
고 싶지 않아요.─그 사람의 죽음을 허락한 건 당신입니
까?─내가 기다리는 건 죽음도 아니에요.─목적어가 탈각
되었군요.─내겐 선택권이 없어요.─결국 아무것도 끝나
지 않을 거라는 사실이 당신을 이 초조함 속에 가두었습니
까?─그 사람은 기다림을 잊었어요.─당신도 잊힌 모양이
더군요.─나는 아무도 아닙니다. 그 사람에겐.─그 사람은
그 아무도 아닌 자를 기다렸다는 사실을 잊었습니까?─그
사람은 아무도 기다리지 않았습니다.─기다리지 않았다는
사실에서 아무도 잊혀집니까?─그 사람의 바깥에 나는 아
직 있고, 있기만 할 거예요.─반짝일 겁니다.─반짝과 반짝
사이에 무슨 기억이 있을까요?─반짝은 늘 새로운 반짝입
니까?─나는 이 물가를 떠나고 싶지 않아요. 내겐 선택권
이 없어요.─당신이 기다리는 것은 오는 중일 겁니다. 끝까
지. 끝나지 않은 채로.─동이 틀까요?─눈부시겠지요.─눈
이 멀 겁니다.─소식이 오는군요.─어떻게 알죠?─여섯 시
간이 지났거든요.─나는 여태 여섯 시간 속에 있었던 겁니
까?─당신에겐 선택권이 없습니다.─나를 잊을 수 있을까
요?─당신은 잊힙니다.─누가 잊죠?─잊은 사람이 사라져

도 당신은 계속 잊혀집니다.―나는 계속 잊혀지는 중인가요?―잊히고 잊혔다는 사실도 잊히고. 다시 또다시. 잊히고.―잊은 사람이 잊었다는 사실을 잊어버려도? 잊은 사람도 잊힌 사람도 없이? 잊혀지는 일만 남아서?―당신은 결코 당신의 이 기다림을 끝내지 못할 겁니다.―눈이 멀어도?―여섯 시간이 지났습니다. 여섯 시간 속에 당신은 이미 없었고. 없기만 했었고.―소식이 오는군요. 너무 일러요.―너무 늦습니다.―한없이 늘어지며 도착하지는 못하며.―당신의 기다림은 끝나가기만 할 뿐입니다. 영원히 지연되며.―윤슬이 돋는군요.―눈부시군요.―눈이 멀어요.―반짝임과 반짝임 사이 어둠 속으로.―기다림 속으로.―눈부시군요.―눈이 멀어요.

문밖

밖으로 나가는 문은 보이지 않았어요

어쩌면 영영 막혀버렸는지도 모르죠

엄마는 벽 어디쯤에 살고 있을까요

집안 구석구석에서 몰래몰래 자라나

어두운 포자를 퍼뜨리고 있을까요

우리는 창문에 목을 빼고 걸려 있어요

유릿조각에 찢긴 목에서 뜨거운 피가

흐르는 채로 해바라기처럼 이빨이 잔뜩

돋은 얼굴로 밖으로 향하기만 한 채로

우리의 마른 몸은 아예 보이지도 않아요

우리의 몸은 착해서 순한 참나무 같아서

엄마의 수많은 포자들을 배양하며 이미

칙칙하게 썩어가고 있는지도 모르죠 더는

들여다볼 수 없는 창문을 가득 채우고

창틀이 다 부서지도록 다글다글

얼굴들은 자꾸 늘어 늘어만 가요

어떤 얼굴이 최초의 얼굴이었을까요

어떤 얼굴의 입술이 최초로 밖이라는

말을 고안했을까요 최초로 발음했을까요

어떻게 하면 저 해도 없는 밖으로

나갈 수 있을까요 음침하고 축축한 거기로

엄마를 그만 벽에서 끄집어내 자꾸자꾸

늘어만 가는 누리끼리하게 익어만 가는

이빨만 잔뜩 돋은 얼굴 얼굴들을 다 헤아려

나갈 수 있을까요 문밖으로 나갈 수나

있긴 있을까요 문밖은 어디일까요 대체

누가 있을까요 문밖엔 해바라기처럼 누가

깜깜한 웃음을 흘리며 흘리며 서 있을까요

밤의 버스는 달리고

내가 나를 보는데, 어린아이가 빠져 죽은 늪이 생겨나고, 밤의 버스는 제멋대로 달리고, 꿈속에서건 꿈 밖에서건, 개들이 흘레를 붙는지, 지루한 안개 속에서, 웅성거리는 나무들, 빠져 죽은, 어린아이를 모르는, 어린아이는 나무 뒤로 숨고, 있는 것들의 그림자 쪽으로, 자꾸 제 그림자를 잃어버리는, 없는 것들, 의 어미, 어미는, 축축하고 차갑고, 보이지 않는 우물, 그 우물 바닥에서 산다고 전해지는, 종족들은 종적을 감추고, 나무 뒤에 숨은, 어린아이는 빠져 죽은, 어린아이에게 금방 들키고, 어린아이가 어린아이를 보는데, 오래전인 듯 방금 전인 듯, 늪은 생겨나고, 제멋대로 밤의 버스는 달리고, 껌벅이는 눈동자, 지루한 안개 속에서 웅성거리는, 있는 것들의 그림자, 나무들, 흘레를 붙는지, 없는 것들, 의 어미, 보이지 않는, 종족들은 종적을 감추고, 피부 위로 옴처럼 돋아나는 얼굴들, 의 껌벅이는 눈동자, 우툴두툴, 가려운, 꿈속에서건 꿈 밖에서건, 늪으로, 어린아이는 빠져 죽고, 모르는, 나무 뒤에, 어린아이는, 숨고, 가려운, 없는 것들은 그림자를 잃어버리고, 우물, 보이지 않고, 어미는, 보는데, 내가 나를, 축축하고 차갑고, 밤의 버스는 달리고 제멋대로, 나무들, 웅성거리는, 안개 속에서, 내가 나를 보고도, 오래전인 듯 방금 전인 듯, 있는 것들의 그림자 쪽으로, 흘레를 붙는지, 피부 위로, 빠져 죽고, 돋아나는, 개들이, 나를, 보는데, 지루한, 옴처럼, 껌벅이는, 내가,

변명, 식물도감

식물도감이 있고,

얼굴이 다른 계절에 살지 당신은 없이, 빨갛고 노랗게 꽃
핀 채로
몸통은 여기서 무성하고 팔은 또 어느 계절에서 잎을 피
우는지 다리는
뿌리째 뽑혀 흙 묻은 맨발을 드러내고 헐겁게 땅을 붙잡
고 있지
헤헤헤헤 웃음이니 꺼이꺼이 울음이니 이 계절 너머 저
계절쯤에서
터지고 토해져 나오지 꽃핀 얼굴들 서로 번지고 서로 섞
이고 나중엔
울음인지 웃음인지 빨강인지 노랑인지 알 수도 없게 없
게시리
수도 없이 몸을 바꿔가며 얼굴과 몸통과 팔다리에 몇 개
의 계절이나
쩐득쩐득 눌어붙었는지 젖꼭지쯤에서 시작된 두드러기들
언제쯤이나
얼굴과 팔다리까지 번져갈지 알지 알지 못하는 것처럼,
마냥

식물도감이 있고,

살아만 살지 이상할 것도 없이, 이따금 나를 알아보는 사람들이 있고

그다지 희귀종은 아니어도 또 알고 보면 그다지 흔하디 흔하지도 않은

분류와 분포와 생육에 대해 제법 알은체를 하는 사람들도 또한 있으나

이 너덜너덜한 오래된 페이지를 벗어나 한몸으로 내가 어느 그늘진

숲속에 하나의 계절 안에 온전히 서 있다면 알아볼 이 있을까 갸웃

갸웃 고개가 저쪽 계절쯤에서 흔들거리고 이쯤인지 저쯤인지도 모르는

씨앗 속에 여태 웅크려만 있는 당신에 대해서라면 사람들도 하물며

나도 알 리 없겠지 두근두근 커다란 눈을 반짝이며 당신이 묻힌 앞에서

목을 빼고 있는 어린아이의 계절에서라면 혹 모를까, 당신을 도무지,

식물도감이 있고,

긴 밤이 지나고 긴 하루가 또 몇 번 지나고 계절이 또 또 몇 번이나

흘러 흘러서 바람 불고 눈 내리고 폭풍우도 몇 차례 몰아
쳐가고 다시
햇살 비쳐도 서로 다른 계절에 흩어진 몸통으로는 팔다리
로는 얼굴로는,
당신의 분류와 분포와 생육과 꽃과 줄기와 이파리와 뿌리
들에 대해서는,

식물도감이 있고,

식물도감이 없고
식물도감으로 불안하게
써지는 시 한 편이 있고,

인제는, 휘적휘적 걸어온 가문 길 어디 마른 고랑쯤 처박
혀 해져만 갈
해지다못해 아예 바스러져갈 컬러판 식물도감이 있고, 바
래고 바래져
얼굴도 몸통도 팔다리도 꽃도 계절 들도 희미 희미 희미
만 해져가고, 있고,

해설

정동적 공간의 윤슬
조강석(문학평론가)

　김근의 새 시집 『에게서 에게로』는 불명과 미상 그리고 흐름 속에 있다. 대개의 시에서 발화자의 윤곽조차 종잡을 수 없고 시가 발화되는 장소 역시 특정할 수 없다. 누가 누구에게 어디서 무엇을 말하고 있는지 명료하지 않고 발화자의 신원은 미상이다. 더욱이 발화된 음성조차 분명하게 분절되지 않고 때로는 소리가 혀 속으로 말리고, 때로는 반복되며 늘어나고 있기도 하다. 발성된 소리조차 계속 흐름 위에 있다는 말이다. 이러한 불명과 미상 그리고 단속 없는 흐름을 원리로 삼고 있는 한 장소를 우리는 알고 있다. 바로 정동적(affective) 공간이 그것이다. 김근의 이번 시집에 실린 시들은 정확히 정동적 공간에서 발신되고 있다. 이에 대해 자세히 설명하기 전에 우선 다음과 같은 시를 접해보는 것이 낫겠다.

　들어가 어두워지네 뒤집히네 가느다랗고 가느다랗기만 하릴없네 하찮지는 가엾지는 말고 말려 말려서 굴러 굴러서 까무러치네 무참하네 참을 수 없고 없는데 쳐다만 치받지는 못하고 아스라한데 어떠한가 뒤집히면 뒤집히다 아스라하면 눕다 눕다가 눕고 보면 파란데 무참하네 까무러치다 떠오르고 떠오르다 까무러치면 보았던가 보았음직은 했더란 말인가 듣기만 들어 들어가기만 어두워 어두워

만 어두워도 어둡기만 뒤집히고 뒤집힐망정 나지는 못하
고 말려 말리기만 구르 구르기만 없네 없고만 없기만 없
네 파란데 어떠한가 아뜩한데 무참하고

—「노래, 없는」 전문

　단속이 분명하지 않은 음성과 형태가 분명하지 않은 내감
(內感)을 특징으로 하기 때문에, 이 시집에 실린 대부분의
시는 연과 행의 구분을 택하지 않고 있으며 길이에 있어서
도 전문을 재차 인용하기 어려울 정도로 길다. 위에 인용된
시는 예외적으로 짧은 시인데 마침 앞서 언급한 정동적 공
간의 면모를 단적으로 보여주고 있다. 여기서 독자는 우선
발화자와 그가 처한 상황을 특정할 수 없고 이 발화의 시작
과 끝을 한정할 수 없다. 단지 도드라지는 것이 있다면 흐름
자체일 것인데, 내감에 집중된 이 흐름은 단속되지 않는다.
그러니까, 이 시는 처음과 끝의 계획으로부터 발신된 것이
아니라 어떤 정서적 흐름 혹은 이행의 연쇄 속에서, 마치 전
체 명주실 뭉텅이 속에서 한 필 끊어낸 비단처럼 노래의 일
부에 가깝다. 그렇기 때문에 이 시의 제목이 의미하는 바는
노래가 없다는 것이 아니라 이 시 자체가 기성의 형(型)이
없는 노래라는 것이다. 내감에는 강도(剛度)가 있을지언정
틀이 없다. 그러니까, 말을 바꾸면 이 시는 형을 따른 멜로
디가 아니라 강렬도의 연쇄로 이루어진 리듬에 가깝다고 하
겠다. 물론 이 시의 의미를 세세히 푸는 것이 불가능하지는

않다. 흐름 속에 있는 정서들이 기쁨과 슬픔을 양극으로 삼
는 축에서 수시로 변용되는 양상을 의미론적 계기로 설명할
수는 있다. 그러나 우선 여기서는 불명과 미상, 흐름과 연
속적 변이에 먼저 주목해서 강도의 변주로 진행되는 리듬에
시가 크게 의존하고 있다는 것을, 그리고 그것이 바로 정동
적 공간의 특징임을 기억하자.

정동적 공간이란 무엇인가? 단속되지 않고 연쇄되는 정서
적 변이와 이행의 흐름을 정동으로 이해할 때, 정동적 공간
은 정서적 변이를 쉴새없이 촉발하는 타자와의 마주침들로
가득찬 공간이다. 브라이언 마수미는 이 공간을 "육체가 이
미지를 만나는 곳"[1]이라고 규정한 바 있다. 이런 맥락에서
정동은 '비인지적 마주침(non-cognitive encounter)'이며
정동적 공간에 가득한 것은 '명명되지 않은 감각들(senses
without names)'이다.[2] 윌리스 스티븐스의 시를 정동이라
는 렌즈에 의해 분석한 마르타 피글로비치는 바로 이 정동
적 공간에서 우리는 인식을 흐리는(blur) 상태와 마주하게
되는데 모더니즘 이래로 시에서는 바로 이 정동적 불확실성

---

1) 브라이언 마수미, 「출혈」, 『가상계―운동, 정동, 감각의 아쌍블
라주』, 조성훈 옮김, 갈무리, 2011, 87쪽.
2) 이와 관련해서는 Jill Marsden, "Senses without Names: Af-
fective Becomings in William Faulkner and Carson McCullers",
Affect Theory and Literary Critical Practice: A Feel for the Text,
ed. Stephen Ahern, Palgrave Macmillan, 2019 참조.

자체가 종종 미적 재현 대상이 되곤 한다고 설명한다.[3] 브라이언 마수미가 정동적 공간의 특징을 '출혈(bleeding)'이라는 용어로 풀어보는 것도 이와 무관하지 않다. 이처럼 세계와의 마주침 속에서 발생하는 명료하지 않은 인지, 명명되지 않은 감각들의 '번짐(blur)' 상태와 그로 인한 '언어적 출혈'이 정동적 공간의 특징임을 감안하면, 김근의 이번 시집에 실린 시들이야말로 전형적으로 바로 이런 의미의 정동적 공간에 속하는 작품들이라고 할 수 있다.

2

어미를 먹고 나는 검어지네
나는 나라는 부피를 잃고
검음만 남아 나만큼만 도려낸
세상의 바탕만 뒷면만 같아서
어미는 없네 나도 없고 입도
똥구멍도 없네 있는 것은
검음뿐 밤인 것도 같으나

---

3) Marta Figlerowicz, "Threshold", *Spaces of Feeling : Affect and Awareness in Modernist Literature*, Cornell University Press, 2017.

별 하나 뜨지 않고 어둠은
더더욱 아니어서 지금도
아니고 여기도 아니고 영원히
어미의 이름도 내 이름도 없네

　　　　　　　　　　　—「검은 숲」부분

　인용된 시의 발화 맥락을 추려볼 수도 있겠으나 사실 이
시를 읽은 독자에게 먼저 전경화되는 것은 개별화되지 않는
정서적 강렬함이다. 이 시는 무엇보다 "검음" 자체를 전경
화한다. "지금도" "영원"도 아니고 "여기도" 어디에도 속하
지 않는, 다시 말해 오로지 즉자적일 뿐인 어둠 그 자체를 이
시는 내밀어놓고 있으며 '나'조차 그 '검음'으로 전화한다고
발화한다. 단, 이때의 '나'는 "나라는 부피를 잃"은, 다시 말
해 개성으로 개체화되지 않고 그저 연속된 어둠에서 끊어낸
한 바탕 어둠의 일환으로서의 '나'일 뿐이다. 달리 말하자
면 '나'가 어둠을 발화하는 것이 아니라 어둠이 '나'를 분절
하는 배후라는 것이다. 그렇기에 이 시의 모든 발화는 '나는
어둡다'라는 정황을 설명하는 데 소용되는 것이 아니라 이
어둠을 깊게 하고 그 강렬도를 높이는 데 기여한다. 우리는
이 시를 읽으면서 그 어둠만을 강렬히 감지할 뿐이다. 이런
양상은 다음과 같은 시에서도 비슷하다.

　그가 말했다. 나도 한때 들판이었던 적이 있소. 하지만

지금은 그저 빈 들판이요. 고독하지도 않은데 이것참 남
세스럽군. (……) 빈 들판이 되자마자 나는 내가 들판이
었던 때를 떠올릴 수 없게 되어버렸소. 들판이었던 때 내
몸에 새겨진 감각들은 모두 어디론가 사라져버렸소. 빈
하나만 내 몸에 달라붙었을 뿐인데 이토록 심각한 망각이
내게 끼얹어질 줄은 차마 몰랐지 뭐요. (……) 나는 빈에
착색된 것 같소만, 지금은 보여줄 수는 없지만 절대 지울
수 없는 색깔이 내 몸을 온통 덮어버린 것 같소만, 몸속에
선 내내 바람이 불고 내가 할 수 있는 일은 바람에 몸을 맡
기는 일뿐인 것 같소만, 그는 계속, 계속 말한다. (……)
다시 그곳은. 없어졌다. 다시 바깥은. 빈 들판이 되기에도
빈이 되기에도. 그의 목소리만이 어둠처럼 끈질기게 내
귀를 잡아당겼다.

—「정류장」부분

부분 인용된 이 시에는 등장인물과 서사가 있다. 우선 이야
기를 들려주는 '그'가 있고 그것을 듣는 '나'가 있다. '그'의
이야기를 통해 소개되는 서사는 다음과 같다.

① 나도 한때 들판이었던 적이 있다.
② 하지만 지금은 그저 빈 들판이며 빈 들판이 되자 들판
이었던 때를 떠올릴 수 없다.
③ 빈 들판이 되자 내 몸의 감각들조차 모두 사라지고 나

는 "빈"에 착색된 것 같다.

그리고 '그'의 이런 이야기를 듣고 있는 '나'는 다음과 같이 이 상황을 정리한다.
④ 빈 들판이 될 수도 "빈"이 될 수도 없는 "그곳"은 다시 없어지고 그의 목소리만 귓가에 남아 있다.

전형적인 액자소설의 구조, 즉 낯선 제삼자의 이야기를 청자였던 '나'가 회고적으로 들려주는 구조를 택하고 있는 이 시의 주인공은 기실 '비어 있음' 그 자체이다. '빈 들판'이라는 표현에서 구문적 중심은 들판이고 '빈'은 그 들판의 속성 중 하나를 한정하며 들판을 수식하는 형용어가 된다. 하지만 이 시의 주체는 그런 의미의 '빈 들판'이 될 수 없다. 여기서 '비어 있음'은 들판의 여러 속성 중 하나로서 기능하는 것이 아니라 구문론적, 의미론적 중심의 자리를 차지하며 전경화되기 때문이다. 그것이 시가 아닌가. 등가의 원리를 선택의 축에서 결합의 축으로 투사하는 것이 시적 기능(로만 야콥슨)이라는 말은 정확히 이를 지시하는 것이다. 구문론적 구조에서 핵심이 되는 명사와 그 명사의 속성 중 하나를 한정하는 형용사의 위상이 등가적으로 교환되면서 '빈'은 시의 의미론적 무게중심에 놓이게 된다. 기지(旣知)의 사실과 명료한 감정으로 한정되는 대신 유동하는 정서와 의미가 시의 핵심에 놓이게 된다는 것이다. 들판은 이제 주어가 아니라 술어가 되고 '빈'이 오히려 주어의 자리를 차지한다. 그 결과 우리는 이 시에서 들판 자체가 아니라 비어 있음에 오롯이 주목하게 된다. "빈"에 착색되었다는 것은 조금 과하게 말하자면 중심과 주변이 뒤바뀌었음을 뜻한다. 고정된 닻이 아니라 동요와 변이에 주목하게 된다는 것이다. 시의 마지막 대목에서 '그'의 목소리가 청자인 '나'의 귀를 "끈질기게" 잡아당긴다는 것은 이야기를 들려주었던 '그-들판'에 대한 기억이 새록새록 떠오른다는 것이 아니라 '나' 역시 계속 '비어 있음'에 착색되어간다는 것을 강렬하게 지시한다. 그렇기 때문에 이 시는 '나'가 '그'의 이야기를 전달하는 액자형 소설의 구조를 넘어 '빈'을 '감염'시키는 정동적 동요를 일으키는 시적 기능을 충실하게 수행하고 있다.

3

(1) 자줏빛자줏빛 심장에 심장에 대고 자줏빛자줏빛 입술을 벌려 오래 오래 오래 오래전 숨겨둔 오후들과 구더기 들끓는 당신과 당신과 당신과 끝나지 않는 자줏빛자줏빛 당신과 내가 다 알지 못하는 알아도 안다고 뱉어지지는 않는 어깨들을 꺼 꺼 꺼내려고만 상처 난 맨발로 자줏빛자줏빛 밟고서만 서서만 자줏빛 심장에 대고 대고대고 아이고데고 자줏빛자줏빛

—「자줏빛 심장에 대고」부분

(2) 물소리 빨래 소리 까무룩까무룩 까까무룩 아무리 몸
을 뒤집어도 어슴푸레, 어슴푸레만일 뿐 여자 돌아 돌아
보는데 무서 무서 무서운데 앞모습으로만 어슴푸레, 깨지
나 말걸 깨지나 깨지지나 어슴푸레로 말걸 잠인지 생시인
지 깨도 깨도 잠속이고 아슴아슴 뒷모습인지 앞모습인지
무서 무서 무서운데 어슴푸레 자도 자도 자도 생시라 어
슴푸레, 어슴푸레로나만 다시 하릴없이 잠에 들고 잠 깊
어 어슴푸레 잠 깊으면 여기인지 거기인지 까무룩 까무까
무룩 여기가 거기인지 그때가 지금인지 어슴푸레, 푸레나
푸레 푸레푸레일러나

—「어슴푸레」부분

(3) 희끗, 희, 희끗, 희끗, 오는데, 희끗, 걸어서, 희끗,
올라갔다는, 희끗, 말은, 생, 희끗, 거짓, 희끗, 말이지, 희
끗, 내처 내달음질쳐, 희끗, 올라 올라, 희끗, 갔지, 희끗,
지금은 없는 그 비탈길, 희끗, 희끗, 희끗에 사로잡히지 않
으려고, 희끗, 희끗으로 그만 사라지지 않으려고, 희, 끗,
발버둥을 버둥을 치며, 버둥버둥버둥, 희희희희희, 끗,

—「희끗,」부분

앞서 이 시집에 실린 많은 시들이 정동적 공간에서의 동

요 그리고 정서적 이행과 관계가 깊다는 것을 살펴보았다. 그런데 이런 양상, 즉 정동적 동요의 양상이 단지 의미론적 차원에서만 나타나는 것은 아니다. 시적 언어의 차원에서도 이 양상은 시집의 전면에 걸쳐 두드러지고 있다. 단적으로 위에 인용된 세 편의 시에서 이를 확인할 수 있다. 각기 다루고 있는 시적 대상은 다르지만 이 시들은 공히 언어적 번짐과 출혈(blur & bleeding)을 특징으로 하고 있다. 언뜻 보아 말더듬에 따른 반복으로도 보이는 이 현상은 대상을 정확히 지시하는 데 따르는 어려움, 언어적 곤경을 표현하고 있다. 눈여겨볼 것은 비록 겉으로 그렇게 보일지라도 이것은 말더듬이 아니라는 것이다. 말더듬은 의도치 않은 혀의 미끄러짐 그리고 재차 정확히 발음하려는 의지에 따른 반복을 특징으로 한다. 그러나 위에 인용된 세 편의 시에서의 반복은 무언가를 정확히 발음하거나 형용하려는 의도로부터 비롯된 것이 아니다. 오히려 여기서의 반복은 말의 번짐과 관계 깊다. 다시 말해 대상을 정확히 지시하고자 발화의 실수를 바로잡으려는 의도에 따른 반복이 아니라, 정동적으로 포착된 명료하지 않은 감각을 강화하는 데 소용되는 반복이라는 것이다. 쉽게 말하자면, 대상을 명료하게 규정하고 또렷하게 인지하는 것을 방해하지만 배경을 반복적으로 덧칠함으로써 그 대상과 결부된 정서적 강도를 높인다는 것이다. 이는 선뜻 논리적으로 설명하기 어려운 비인지적 마주침이나 미처 명명되지 않은 감각의 강도와 결부된 정동적 공간에서의 언어적 수행과 관계 깊다.

위에 인용된 첫번째 시「자줏빛 심장에 대고」를 보라. 독
자는 발화자 '나'와 발화 대상인 '당신'의 구체적 관계를 유
추할 수 없지만 '나'와 '당신' 사이에 어떤 정서적 흐름이
놓여 있는지를 즉감하게 된다. "자줏빛"이라는 시어와 "오
래" "당신"과 같은 시어가 반복되고 한데 뭉개어짐으로써
우리는 인지가 아니라 '정동적 동요(affective fluctuations)'
를 인계받는다. 굳이 인지적 언어로 풀자면 오래전 당신과
의 일, 오래 지속되는 상처, 갈수록 자줏빛으로 선명해지는
기억 등을 식별해볼 수 있을 것이나, 이런 작업은 정확히 '패
러프레이즈의 이단'을 자처하는 일이 될 것이다. 풀면 풀리
지만 풀리면 사라진다.

두번째 시「어슴푸레」의 경우도 이와 같다. "여자" "잠"
"생시" "그때" "지금"과 같은 시어들은 논리적 인과관계를
만드는 흐름을 일정하게 형성하고 있다. 그런데 이 시의 중
핵은 그런 명사들에 놓여 있지 않다. 이 시의 무게중심은
반복되는 어구들인 "까무룩 까무룩 까까무룩" "무서 무서
무서운데" "아슴아슴" "어슴푸레, 푸레나푸레 푸레푸레"와
같은 대목에 놓여 있다. 이 정동적 시어들은 이 시가 사건
이 아니라 정서적 동요와 이행을 시의 중심에 놓고 있음을
확인시켜준다.

세번째 인용된「희끗,」에서는, 회화적으로 이야기하자면,
아예 테마적 중심이 거의 생략된 채 바삐 붓이 움직이는 길

과 그에 따라 뭉개어진 색들의 중첩이 회화적 중심을 이루고 있다고 할 수 있다. "희끗"이라는 시어는 그 자체로도 시의 의미론적 중심을 이루지만 시의 주요 대목에 산개하여 반복되고 변주되면서 시의 중심적 분위기를 조성하는 데 더욱 기여하고 있다. 더욱 정확히 말하자면 기억과 인지와 정서의 '희끗함' 자체가 시의 배경이면서 동시에 주제가 되고 있는 것이다. '희끗'한 기억과 느낌을 거듭 묘사하거나 진술해도 가닿을 수 없는 사태 자체의 '희끗함'은 언어적 번짐과 출혈에 의해 독자에게 고스란히 전달되며 정동적 동요를 일으키고 있다.

4

지금껏 우리는 김근의 이번 시집에 실린 시들이 구체적 정황이나 명료한 인식 대신 세계와의 마주침으로부터 촉발된 감각과 정서적 변이에 집중된 시임을 살펴보았고 그런 맥락에서, 분별적 인식 대신 강렬도로 촉지되는 정동을 표현하는 시라는 것을 확인했다. 그렇다면 왜일까? 왜 이번 시집에서 김근의 언어는 '나'와 '당신'의 사실관계와 일상의 인과관계 대신 느낌의 강렬도를 중심에 놓게 되었을까? 그 실마리를 짐작하게 하는 시들이 몇 편 있는데 가장 눈에 띄는 모멘트는 아마도 어떤 폐색(閉塞)의 감각인 것으로 보인다.

내가 도무지 남아나질 않아도 이 생면부지의 닿을 수 없
는 시간의 진창에서 발이 빠지며 도무지 한 발짝도 그쪽
으로는 내디딜 수 없는 자세로 이런 막다른 슬픔이 어떤
슬픔인지도 오직 모른 채 너에게 가야 한다는 가서 마주
해야 한다는 생각만 남아 허우적거리며 생면부지 이전과
이후의 아득한 경계에서 못 알아본 너를 어쩐지는 알아본
적이 있었을 것만 같다는 가려운 기분으로, 아무리 긁어
도 긁어도 긁힌 자국에 피가 배어나와도 가려움 좀처럼은
멈추지 않을 것만 같은 기분으로. 우리가 아는 몸인가요
물으면 몸만으로 멀리서 꽃 졌다는 소식이 오고 난데없는
세계가 펼쳐질 것만 같은 기분으로,

—「가려진 문장」 부분

인용된 시는 폐색의 실감을 고스란히 전달한다. 원인과
결과는 주어져 있지 않지만—어쩌면 (이제 와서) 그 원인은
중요한 것이 아닌 것도 같지만—이 시의 발화자는 강렬하
게 스스로가 진창에 유폐되어 있음을 발신하고 있다. 사용
된 언사의 강도를 보라: "도무지 남아나질 않아도" "생면부
지의 닿을 수 없는" "시간의 진창에서" "발이 빠지며 도무
지 한 발짝도 그쪽으로는 내디딜 수 없는" "막다른 슬픔"
"허우적거리며" "아득한 경계" "아무리 긁어도".
이와 같은 구절들과 인용된 대목 전체를 고려할 때 구체

138

적이지는 않지만 명료한 의미론적 사실관계 몇 가지를 확
인할 수 있다.

① 이 발화자는 진창에 빠져 있다.

② 이 진창은 생면부지의 것이며, 과거, 현재, 미래 중 어
느 시간에 속한 것인지 알 수 없다. 다시 말해 '나'가 진창에
빠진 것이 과거의 일 때문인지, 현재의 상황 때문인지, 폐색
된 미래 때문인지 알 수 없다.

③ 이때 '나'에게 남은 유일한 감각은 혹은 의지는 "너에
게 가야 한다"는 것이다.

④ 그러나 언뜻 알았던 것 같기도 했던 '너'는 아무리 더
듬어도 닿을 수 없고, 아무리 긁어도 해소되지 않는 어떤 심
대한 갈증의 기원에 놓여 있다.

⑤ 이런 '너'를 미루어 짐작하는 것만으로 "꽃 졌다는" 소
식이 당도하고 모르던 세계가 펼쳐질 것만 같은 두려움으로
'나'는 '너'를 지향할 뿐 그려내지 못한다.

우리는 이런 맥락에서의 '너'의 자리에 특정 인물을 대입
할 수도, 혹은 '삶' '기억' '이상', 그리고 어쩌면 '시'를 기입
할 수도 있을 것이다. 그러나 중요한 것은 '너'의 정체가 아
니라 '희끗하고' '어슴푸레'한 지향성과 폐색의 감각이다:
"밖으로 나가는 문은 보이지 않았어요// 어쩌면 영영 막혀
버렸는지도 모르죠"(「문밖」).

당신은 기다리고 있군요.—반짝이고 있어요.—회피하고 있습니까?—반짝임 속에 있어요.—물비늘이 돋는군요. 이제 곧 어둠이 오겠군요.—반짝임은 위태롭네요.—당신은 어둠을 기다립니까?—아니요, 여기 반짝이는 시간에 머물고 싶어요. 반과 짝 사이에 어느 것이 빛나는 쪽이고 어느 것이 어두운 쪽인가요?—곧 모두 어둠이 될 겁니다.—나는 다만 여기 이 시간의 어두운 쪽에 있고 싶어요. 빛과 어둠이 끝없이 몸을 바꾸는 이곳. 끝없이 어두운 쪽으로만 몸을 옮기며.—당신은 기다립니까?—나는 분주하고. 지연시키고 있어요.—기다림이 끝났습니까?—반과 짝 사이가 한없이 길어지면 좋겠어요. 어두운 쪽으로 몸을 옮겨다니기엔 사이가 너무 짧아요.—초조하군요?—반짝이고 있어요.—어두운 쪽은 반짝임 안입니까, 반짝임 바깥입니까?

　　　　　　　　　　　　　　　—「윤슬」 부분

　전문을 인용하지 못했지만 이 시의 인용되지 않은 대목에는 구체적 정황을 짐작해볼 수 있게 하는 정보들이 담겨 있다. 이를테면 기억과 망각을 주기적으로 오가며 삶과 죽음의 기로에 놓여 있는 누군가를 떠올려볼 수 있다는 말이다. 어쩌면 지금껏 살펴본 것들이 모두 이 구체적 정황과 관련된 것은 아닐까 하는 생각이 들 정도로 이 시는 남다르다. 어슴푸레하고 희끗한 의식, 구체적 형용이 없는 장소, 정확히 분절되지 않는 음성들 역시 이런 정황으로 수렴되기도 한다는 것이다. 그러나 그것만은 아니다. 그런 구체적 정황을 포함하여 이 시는 묻는다. 폐색된 자의 내부는 재차 외부가 될 수 없는가? 반짝임에서는 어느 것이 안이고 어느 것이 바깥인가? 죽음이 삶의 바깥인가, 삶이 죽음의 바깥인가? 시의 구체적 상대역을 지목하는 대신 이런 질문들 자체에 주목하면서 이 시의 마지막 대목을 눈여겨보자.

　당신의 기다림은 끝나가기만 할 뿐입니다. 영원히 지연되며.—윤슬이 돈는군요.—눈부시군요.—눈이 멀어요.—반짝임과 반짝임 사이 어둠 속으로.—기다림 속으로.—눈부시군요.—눈이 멀어요.

—「윤슬」 부분

끝난다는 용언에 "가기만 할 뿐"이라는 한정은 왜 붙었을까? 대개 이런 수사는 뒤에 '~은 아니다'라는 호응을 얻는다. 기다림은 끝나가기만 할 뿐 무엇이 아닌 걸까? 뒤에 이어진 "영원히 지연"된다는 말이 뜻하는바, 이 기다림은 끝나가기만 할 뿐 끝나지는 않는다는 것이다. 즉, 끝나감이 지속되는 것이다. 기다림은 완료되지 않고 거듭 종결에 가까워지기만 할 뿐이다. 여기에 "윤슬"이라는 시어가 잇따라오는 것은 놀랍다. 윤슬이란 햇빛이나 달빛을 받아 잔물결

이 반짝이는 것을 뜻한다. 반짝임과 반짝임 사이에 그 배후로서의 어둠이 있듯이 끝나감과 종말의 사이에 기다림이 있다. 이 시의 언어는 바로 그 기다림의 명암 사이에 터 잡는다. 끝나가기만 할 뿐 종결되지는 않는 기다림은 실상 폐색의 다른 말이 될 수 있다. 그러나 그 폐색에도 윤슬은 있다. 갇히고 몰리어 굳어지는 것이 아니라 쉴새없이 교차하는 명암 속에서 이 폐색된 공간은 어슴푸레 희끗 빛을 반사한다. 하여 이 시집은 전체가 하나의 공간이다. 폐색 속에 윤슬이 있는 공간이며 어쩌면 희망이 보이지 않는 오랜 기다림에 지쳐가는 이가 자신을 들여다보는 정동 속 공간이다. 그 안을 들여다본다. 환하고 어둡다. 어둡고 환하다.

김근 1998년 문학동네신인상을 수상하며 작품활동을 시작했다. 시집『뱀소년의 외출』『구름극장에서 만나요』『당신이 어두운 세수를 할 때』『끝을 시작하기』가 있다. 서라벌문학상을 수상했다.

문학동네시인선 225
에게서 에게로
ⓒ 김근 2024

초판 인쇄 2024년 12월 5일
초판 발행 2024년 12월 18일

지은이 | 김근
책임편집 | 서유선
편집 | 김내리
디자인 | 수류산방(樹流山房) 본문 디자인 | 이원경
저작권 | 박지영 형소진 최은진 오서영
마케팅 | 정민호 서지화 한민아 이민경 왕지경 정유진 정경주 김수인 김혜원 김예진
브랜딩 | 함유지 함근아 박민재 김희숙 이송이 김하연 박다솔 조다현 배진성
제작 | 강신은 김동욱 이순호
제작처 | 영신사

펴낸곳 | (주)문학동네
펴낸이 | 김소영
출판등록 | 1993년 10월 22일 제2003-000045호
주소 | 10881 경기도 파주시 회동길 210
전자우편 | editor@munhak.com
대표전화 | 031) 955-8888 팩스 | 031) 955-8855
문의전화 | 031) 955-2696(마케팅), 031) 955-8864(편집)
문학동네카페 | http://cafe.naver.com/mhdn
인스타그램 | @munhakdongne 트위터 | @munhakdongne
북클럽문학동네 | http://bookclubmunhak.com

ISBN 979-11-416-0164-5 03810

* 이 책은 서울문화재단 '2020년 창작집 발간 지원사업'의 지원을 받아 발간되었습니다.
* 이 책의 판권은 지은이와 문학동네에 있습니다. 이 책 내용의 전부 또는 일부를 재사용
  하려면 반드시 양측의 서면 동의를 받아야 합니다.

잘못된 책은 구입하신 서점에서 교환해드립니다.
기타 교환 문의: 031) 955-2661, 3580

www.munhak.com

문학동네